# しのぶ草

## 江戸菓子舗照月堂

篠 綾子

時代小説文庫



角川春樹事務所

目次

編集協力　遊子堂

# しのぶ草

江戸菓子舗照月堂

# 第一話　鬼やらい団子

## 一

元禄《げんろく》二（一六八九）年の暮れも押し迫った、ある昼過ぎ。

空は薄曇《うすぐも》りで、立春が間近とも思えぬ寒い日のことであった。

「お前さん、なつめさん！」

照月堂《しょうげつどう》の厨房《ちゅうぼう》の外からは、おかみのおまさが主人久兵衛《きゅうべえ》となつめを呼んでいる。氷川屋《ひかわや》の娘しのぶが訪ねてきているというので、なつめは急いで庭に続く戸を開けた。

火を使う厨房は、真冬でも暑いくらいだが、厨房から出た途端、外の冷気が刺すように伝わってきて、なつめは身震いした。おまさの後ろに立つしのぶもやはり寒そうに身を縮めており、その顔色はやけに暗かった。

「しのぶさん――？」

一体何があったというのだろう。

父の氷川屋勘右衛門《かんえもん》が競い合い以来、さらに照月堂を目の敵《かたき》にしていると、しのぶは言っていたが、今のところ商いの邪魔はされていない。それでも、父が照月堂を狙って、いつまた罠《わな》を仕掛けるかしれたものではないと、しのぶは心配していた。

「父さまが〈たい焼き〉を売り出したの」

しのぶは思い切った様子で、言葉を押し出すように言った。

「形をそっくり真似《まね》したたい焼きを、うちの店でも――」

たっぷりの餡《あん》を小麦の皮で包んで焼いたたい焼きは、照月堂が売り出して評判をとった焼き菓子である。しかし、その菓子は、今では照月堂から独り立ちした職人の辰五郎《たつごろう》が、駒込《こまごめ》に開いた菓子舗辰巳屋《たつみや》で売っていた。

「えっ、そっくりそのまま？」

驚いた顔のなつめを前に、しのぶはうなずき、

「照月堂さんにご迷惑がかかってるんじゃないかって、私、心配で申し訳なくて……」

と、切羽《せっぱ》詰まった口ぶりで続ける。そのしのぶの声に重なるように、

「たい焼きを、氷川屋さんでも売り出したって？」

と、なつめの後ろから声がした。

作業の区切りがついたところなのか、久兵衛も戸口まで出てきて、話を聞いていたようである。

「どういうことか、くわしく聞かせてもらった方がよさそうだな」

久兵衛はむやみに動揺することなく、落ち着いた声で言った。

「ちょうど一段落ついたんで、休憩しようと思っていたところだ」

という久兵衛の言葉によって、なつめはしのぶを客間へと案内した。そして、久兵衛と一緒に、しのぶからくわしい話を聞くことになった。

「お嬢さん」

面と向き合って座るなり、久兵衛はまず静かな声で、しのぶに呼びかけた。

「人気の品があれば、それと似たもんを作り出して儲《もう》けようってのはどこにでもある話です。それだけで悪いってことにはならねえし、氷川屋さんを責めるつもりもありません。だから、そんなに恐縮することなしでお願いしますよ」

「……はい」

しのぶは顔を上げたが、それでも声は掠《かす》れたままだ。目の前の久兵衛となつめを交互に見ながら、緊張した面持ちで口を開く。

「父さまは、照月堂さんのたい焼きが〈辰焼き〉という名で売られていた頃から、売れ筋の品であることを気にかけていました。その製法なども知りたいと思っていたようです。はっきりと申したわけではありませんが、なつめさんと親しくなった私から、それを聞き出せればいいと思っていた節もありますし……」

久兵衛はうなずきながら聞いている。

「父さまはうちの職人たちに、たい焼きの製法を探り出せ、と申し付けていたのだと思います。ここ最近、うちの厨房から、たい焼きを焼くようなにおいもしていましたし……」

遠慮がちに言うしのぶの言葉に、久兵衛は大きくうなずいた。

「確かに、勘のいい職人がいれば難しくはないでしょう。特に、あの菓子は細かな技が必要なわけでもねえ。皮に使う食材の加減が分かっていて、焼き方のこつさえつかめば、下っ端の見習いでもそこそこ作れるはずだ」

「そうなんですか……」

久兵衛の言葉に力なく呟《つぶや》いた後、しのぶは先を続けた。

「とにかく、うちの職人の誰かがたい焼きに似た品を作り上げたんです。父さまはあきれたことに、早々と焼き型を注文していたようで、まだ若い職人たちにたい焼きの焼き方を教え込んだんです」

「若い職人さんたちに？」

思わず口を開いたなつめに、しのぶはうなずき返した。

「ええ。今、旦那さんのお話を伺って、納得がいったのですけれど……」

と、しのぶは前置きしてから、さらに続けて言う。

「たぶん、餡《あん》は修業を積んだ職人が作ったものを使っているのだと思います。若い職人たちは、皮の生地の作り方を覚え、焼き方だけ身につけたら、外でたい焼きを売ってこいと言われているようなんです」

「えっ、外で売るってどういうことですか」

なつめが尋ねると、

「あ、ごめんなさい。私ったら、肝心なことを後回しにしてしまって――」

しのぶははっとした表情を浮かべた。

「実は、うちの店では、たい焼きを上野の店《たな》で売っているわけじゃないんです」

そこまで言った後、しのぶは申し訳なさそうにうつむいた。

「にぎわっている場所に屋台を出して、その場で焼き立てのたい焼きを売り始めたみたいで……」

「何、屋台売りを――？」

ここまで静かに聞いていた久兵衛が、口を挟んだ。

「屋台といっても、火を使う商《あきな》いだ。そうそうたやすくお上のお許しが出ることはないと思うが……」

「そういう細かいことは、私には……」

と、しのぶは困った様子で首を横に振ったが、途中で思い直したように顔を上げた。

「でも、もしかしたら、うちの店のお客さまで、そういう口利きのできるお方がいらっしゃるのかもしれません。父さまは……その、そういうことに気の回らない質《たち》ではありませんから」

しのぶは控えめな言い方をしているが、あの氷川屋の主人なら身分や地位のある人物に進んで取り入り、その力を利用しようとするのは、想像に難くなかった。

主菓子《おもがし》の商いで成功していると聞く氷川屋に、その手の力のある客がいたとしても不思議はない。

「なるほど、状況は分かりました」

ややあってから、久兵衛が口を開いた。

「氷川屋のお嬢さんがうちの店のことを心配してくださるのは、氷川屋さんがこの駒込でも、屋台でたい焼きを売り出したからですな」

しのぶは硬い表情でうなずいた。

「まずは上野で売り出したのですが、それがうまくいったので、これからはもっと手を広げるつもりのようです。しかも、駒込と本郷を中心に売り出すって。それを聞いて、私は居ても立ってもいられなくなり、突然お伺いするようなことに――」

しのぶが大慌てで飛んできてくれたことは、その様子を見ればよく分かる。

「うちの店を思いやってくださるお嬢さんのご親切には、大いに感謝しています。まずは礼を言わせてもらいますよ」

久兵衛はしのぶに向かって軽く頭を下げた。それを受け、しのぶは逆におろおろしている。

「そんな……。お礼を言われるどころか、私は照月堂さんに申し訳なくて」

「お嬢さんがそんなふうに気に病《や》むことはありません。実はですね。うちの店ではもう、たい焼きを売ってはいないんです」

「えっ？」

しのぶは久兵衛の言葉に虚《きょ》をつかれた様子で、なつめにもの問うような眼差《まなざ》しを向けた。

なつめはしのぶに向かってうなずいてみせた。

「旦那さんのおっしゃる通りです。今まで売っていたたい焼きは、照月堂では少し前から売るのをやめにしていて……」

なつめの説明に続けて、さらに久兵衛が言う。

「たい焼きは、もともとうちから独り立ちした職人が考え出した菓子なものでね。そいつの店に焼き型を納《おさ》め、すべてを返したってわけなんです」

「そうだったんですか」

しのぶは気の抜けたような返事をした。全身の緊張が解け、少しほっとした様子が伝わってくる。それから、

「それじゃあ、どうして父さまは本郷にも屋台を出したのかしら」

しのぶは一人首をかしげながら呟いた。

「本郷か」

うなるような声を発する久兵衛に、なつめも心配そうな目を向けた。

「旦那さん、本郷って……」

「ああ」

応じる久兵衛の声も苦々しげだった。

しのぶは話が見えない様子であったが、すぐに状況を推《お》し量ったらしく、

「もしかして、独り立ちした職人さんのお店が本郷にあるのですか」

と、尋ねた。

「ああ、そうなんです」

久兵衛が答えた。

「氷川屋さんの屋台売りで大きな打撃を受けるとしたら、うちよりも本郷の方でしょう」

そう言うなり、久兵衛はなつめに目を向けた。

「これから本郷の辰五郎の店へ行って、様子を見てきてくれ。ついでに、本郷のどこに屋台が出ているか、確かめてくるんだ。今日はそのまま帰らず、いったんこっちへ戻ってきて、報告してほしい」

「分かりました」

久兵衛の指示に、なつめはすぐに返事をした。

照月堂では、たい焼きを売り出さなくなってから、手が足りないほどの忙しさとは縁遠くなっている。〈たい焼き〉の代わりに売り出すことになった〈子たい焼き〉は、焼いてからすぐに売り切ってしまう必要はないので、今日の分はもうすでに作り終え、店に出してあった。

なつめが厨房を抜けても、久兵衛一人で切り回すのにさほどの問題はない。

「もしよろしければ……」

しのぶが遠慮がちに切り出した。

「私も本郷へご一緒させてもらえませんか。父さまが一体どういうことをしているのか、この目で確かめたいのです」

「それはかまわないが……」

久兵衛の言葉に、しのぶが「ありがとう存じます」と頭を下げた。

「いや、わざわざ知らせに来てもらって、礼を言うのはこっちの方だ。お嬢さんはうちの職人の親しい友人だそうですね」

久兵衛の言葉に、なつめとしのぶは思わず顔を見合わせていた。

これまで緊張と申し訳なさでいっぱいだったしのぶの目の中に、ほっと安堵《あんど》したような色が浮かび上がる。

なつめにしても、しのぶを友人と言ってもらえたことに加え、「うちの職人」と久兵衛から言ってもらえたことが、思いがけない喜びであった。

二

「照月堂から独り立ちした職人は、辰五郎さんっていうのですけれど、兼康《かねやす》のある通りから、少しだけ離れたところにあるんです」

二人で本郷へ向かう間、なつめはしのぶに説明した。

「兼康のある通りの向こうへ行ったことはなかったわ。あそこはもう田んぼや畑があるだけで、お店があるなんて思っていなかったから」

と、しのぶは言う。

「確かに田畑も多いのだけれど、少しはお店もあるのよ。辰五郎さんが今、出しているお店ももとはお食事処《どころ》だったのですって」

そうは言うものの、主だった店が兼康の通りに集まっているのは間違いなく、その奥まで客に足を運ばせるのは難しい。

ただ、辰巳屋は〈たい焼き〉の元祖ということで、照月堂の〈子たい焼き〉と対になる〈親たい焼き〉を売り出していた。その商いが順調だと聞いていたので、おそらく客集めにも成功していたのだろうが……。

（もし辰五郎さんの店の近くで、氷川屋のたい焼きを売っていたら、お客さんを取られてしまうのではないかしら）

嫌な想像ばかりが浮かぶ。そのため、辰五郎のことや〈親たい焼き〉〈子たい焼き〉の経緯《いきさつ》を話してしまった後は、いつになく無口になってしまった。

照月堂と氷川屋の間が何事もなく平穏であるなどと、安易に考えていたわけではない。もちろん、氷川屋が何をしたとしても、それはしのぶとは関わりない。しのぶを嫌ったりすることはないと思えるが、では何事もなかったように二人で話したり笑ったりできるかといえば、できるとも言いきれなかった。

しのぶだって、なつめの前で平然としてはいられないだろう。申し訳なさそうにしているしのぶを前に、なつめとてどんな言葉をかければいいのか分からない。

そんなことを一人で考え続けているうちに、人々のにぎわう声が次第に大きくなってきた。

いつの間にか、もう本郷まで来ていたようだ。にぎわいの声は人気の乳香散《にゅうこうさん》を求めて、兼康へやって来た客なのだろう。

「相変わらず、兼康さんはすごい人ねえ。年末のせいか、いつも以上にお客さんが多いみたい」

なつめはようやくしのぶと気楽に話せる話題を見つけ、できるだけ明るく声をかけた。

本当にそうね——というような相槌《あいづち》が返ってくるかと思いきや、しのぶからの返事はなかった。どうしたのだろうと目をやると、しのぶは人だかりにじっと目を向けたまま、なつめの眼差しにも気づかぬふうである。

「なつめさん、あれ、兼康のお客さんじゃないわ」

「えっ？」

しのぶの言葉に、なつめは人だかりの方へ目を向けた。

よく見ると、通りを進む人と列を作って立ち止まっている人がいる。歩いている人々の足はどうやら兼康へと向かっているようだ。

一方、止まっている人の列の先頭にじっと目を凝らすと、奥に屋台の一部が見えた。

「あれは……」

なつめが最後まで言うより先に、

「うちの店の屋台です」

と、しのぶが低い声で言った。

たい焼きを売っている場所は、においで分かるだろうと安易に考えていたが、風向きのせいで、二人の方には流れてこなかったのだ。たい焼きの甘いにおいは兼康の方へ流れており、そのにおいに誘われた人々が屋台をのぞき込み、列の最後尾《さいこうび》に並ぶ姿も見えた。

さらに近付くと、屋台の様子が目に入ってきた。

屋台は職人二人で回していて、一人は焼き型にせっせと餡をのせており、もう一人は今まさに別の焼き型で生地を焼いている。

焼き型はなつめが照月堂で見ていたものよりも大きく、焼ける菓子の形はまったく同じで、一気に十個は焼けるようにできていた。

二人はその場に立ち尽くしたまま、屋台売りの様子を見守っていた。

やがて、生地を焼いていた方の職人が皮の焼け具合を菜箸《さいばし》で確認しつつ、よしというようにもう一人の職人に声をかける。すると、餡をのせていた職人が道具を置き、並んでいた客たちの列に向かって、

「たった今、十個焼き上がったよ。前から十人までのお客さまは、六文用意してお待ちく

ださい」

と、声を張り上げた。

客たちは順番に金を支払って、紙に包まれた焼き立てのたい焼きを一つずつ受け取っている。

「さあさあ、どうぞこちらへ」

すると、どこから現れたのか、一人の男がたい焼きを買った客たちに向けて声をかけ始めた。

「たい焼きをお求めになったお客さまは、こちらの茶屋にお席を用意してございます。白湯《さ ゆ》ならお銭《あし》はいただきません。お茶も用意してございますので」

茶屋の客引きのようだ。

たい焼きを買った客たちは茶屋の男の後について行き、列の後方にいた客たちが前の方にずれてきた。

屋台の中からは、早くも次の菓子を焼くよいにおいが立ってきていて、焼き終えたばかりの職人は次の下準備にかかっている。二人の職人がそれぞれ受け持ちの焼き型で、次々に焼いていくから効率がいい。

「表通りの屋台で売り始めてくれたから助かったよ」

もう少しでたい焼きにありつけそうな客たちの会話が、なつめの耳に入ってきた。

「ああ。前は半刻（一時間）待たなきゃ、食べられなかったもんな」

「俺は、たい焼きは初めてなんだが、これは辰巳屋が出してる屋台なのかい？」

「初めは俺もそう思ってたんだが、どうやら違うらしい。それに、聞いたところじゃ、こっちの屋台の方が元祖だっていう話じゃないか」

という男の言葉に、もう一方の男が「へえ、そうなのか？」と意外そうな声で応じた。

「辰巳屋は初め、駒込の菓子屋の猿真似をしてるって言われてたよな。けど、駒込の菓子屋が『辰巳屋こそ元祖だ』って認めたってんで、けりがついたんじゃなかったのかい？」

「そのはずだったんだが、実際は違っていたらしいぜ」

と、事情通を気取ったふうの男が、さらに声を大きくしてまくしたてた。

「何でも、この屋台を出してる店こそが、本家本元なんだってさ。上野の大きな菓子屋で、お武家衆が茶会で食べる菓子なんかも作ってる大店《おおだな》ってえ話だ」

「なるほどねえ。そういう大店なら、まさか嘘《うそ》は吐《つ》くめえし、信用も置けるな」

聞いていた男が感心した様子を見せると、

「どうせ食うのなら、元祖の店の品がいいに決まってるよなあ」

という大声が続いた。それまでの会話に加わっていなかった周りの客たちも、そうだそうだとうなずく様子を見て、なつめはあっけにとられた。

「こうしてどんどん焼き上げてく屋台を出せるのは、大店だからってことなんだろうさ」

「やっぱりものを買うなら、名の知れたところがいい。そういう店は値も張るってんで敬遠しちまうが、屋台で安い菓子を売ってくれるってなあ、親切な店だぜ」

「本当にそうさ。安くてうまくて、熱々の菓子ってんだからな。今年の暮れはたい焼きを食って、いい気分で年神さまを迎えられそうだぜ」

どうやら、氷川屋は自分たちこそたい焼きの元祖だという風聞まで流しているらしい。そんなことを確かめようもない客たちは、そのまま信じ込んでしまうのだろう。

六文という値段は、照月堂でたい焼きを売っていた時と同じ値段で、辰巳屋でもおそらく同じだろう。だが、あまり待たずに同じ値段で買えるならば、その方がいいだろうし、近くの茶屋で白湯まで振る舞われるとなれば、客としてはわざわざ辰巳屋へ足を延ばす理由はもはやない。

茶屋と氷川屋の屋台が何らかの取り決めをしているのか、それとも、茶屋が勝手にしていることなのか分からないが、どちらにとっても損はないようだ。

「……なつめさん」

しのぶが震える声でなつめの名を呼んだ。想像していたよりずっとあからさまな父のやり口と客たちの反応を見聞きして、衝撃を受けたようであった。

「しのぶさん、行きましょう。辰五郎さんのお店はもう少し先だから」

なつめはそれ以上のことは何も言わず、その場から歩き出した。

しのぶは力のない足取りで、その後を追う。

なつめは大通りから小さな道へ折れて進み、すぐに辰五郎の店のある小さな通りに出た。そこからさらに少し進んだところに、辰五郎の店はある。

一本外へ出ただけだというのに、人通りがぐっと少なくなるのはいつものことだ。

だが、この時、なつめたちが少し進んで行くと、一人の男が何やら声を上げているのに行き合った。

「お嬢さんたち、もしかして、評判のたい焼きを買いに来たんじゃないですか?」

三十路《みそじ》ほどの男が愛想のよい顔つきで声をかけてきた。

なつめとしのぶは顔を見合わせたが、返事はしなかった。男は二人の様子などおかまいなしに、大きな声を張り上げて続けた。

「たい焼きなら、あっちの兼康のある通りで屋台が出てますよ」

大通りの方を指さしながら、男は言った。

「ちょっと待てばすぐに買えるはずだから、そっちへ行ってください」

男はどうやら、氷川屋のための客集めをしているようだ。

「おたくは……」

しのぶが一歩進み出て声を発した。いったん言葉を切ると、気持ちを落ち着かせるように一つ深呼吸してから、改まった様子で再び口を開く。

「屋台を出している店の人なんですか」

その声はもう震えていなかったし、態度は毅然《きぜん》として見えた。

「えっ」

しのぶのただならぬ様子を前に、男が顔から愛想のよい笑みを消した。

「ええと、まあ、そんなもんですね。口入屋《くちいれや》を通してもらった仕事ですが……」

お嬢さんたち――と、男は探るような目つきを、なつめとしのぶに向けて続けた。

「あっしを雇ってる氷川屋さんのお知り合いですか。それとも、この先にある菓子屋の……」

「どちらでもありません！」

男の言葉を遮《さえぎ》って、しのぶは声を大きくした。

「私たちは用事があって、この先の家を訪ねるところです。たい焼きを買いに来たわけじゃありませんから」

しのぶはそう言うなり、なつめの手を取り「行きましょう」と促《うなが》した。

なつめが驚いて見つめ返すと、しのぶは「何も言わないで」というように首を横に振り、なつめの手を引いて歩き出した。つられる形で、なつめも歩き出したが、男が追ってくる気配はない。

「なつめさん」

もう男には声が聞こえないと思われるところまで来ると、しのぶは小声で呼びかけてきた。それまでのしっかりした様子とは打って変わり、声が震えている。

「父さまったら、人を雇ってあんなことまでさせているなんて――。私、なつめさんに合わせる顔がない」

なつめの手を引くしのぶの手から力が抜けた。しのぶはそのまま顔を両手で覆《おお》い隠すようにする。

「……しのぶさん」

すぐ先に、辰五郎の店の庭に立つ柿の木が見えた。すでに葉も実もなく、冬枯れている。その木の傍らに、それを見上げている人影があった。

「……辰五郎さん」

なつめは思わず呟いた。

「えっ……」

しのぶが声を上げ、顔から手を離した。

なつめたちの眼差しに気づいたのか、辰五郎が柿の木から目を離し、なつめたちの方に目を向ける。

「なつめさんじゃないか」

辰五郎は思っていたよりずっと穏やかな声で、なつめを出迎えた。

三

「こちらは氷川屋のお嬢さんで、しのぶさんといいます」

なつめがしのぶを引き合わせると、辰五郎は少し目を見開き、

「辰巳屋の辰五郎といいます。前は、照月堂で世話になってたことがあって」

と、自ら名乗った。

「申し訳ございません！」

しのぶは開口一番、そう言い、深々と頭を下げた。

「なつめさんから、たい焼きが生まれた経緯をお聞きしました。たい焼きはご主人のお菓子ですのに、うちの店が恥知らずなことを――」

「氷川屋のお嬢さん」

顔をお上げください――と続けた辰五郎の声に、怒りは感じられなかった。

「今度の一件、氷川屋のご主人には何らかの目論見《もくろみ》があるんでしょう。けど、お嬢さんがそれをしたわけでなし、謝っていただくことはありませんよ」

「ですが……」

顔を上げたしのぶが言葉を続けるより先に、なつめはその手を取った。

「お父さまの代わりに詫《わ》びたいというしのぶさんの気持ちを、辰五郎さんは受け容《い》れてくださったんです。今日、しのぶさんがここへ来た甲斐《かい》はあったんですよ」

なつめは力づけるように言って、しのぶの手を握り締めた。それを聞き、

「それじゃあ、なつめさんはお嬢さんをここへ案内するために来たのかい？」

と、辰五郎が尋ねた。

「いえ、旦那さんが辰五郎さんの様子を見てきてほしいとおっしゃったので」

なつめの返事に、辰五郎は「そうか」と呟くと、少し考え込むような表情になった。

「心配してくださる旦那さんの気持ちはありがたいし、俺の方からも知らせなけりゃいけないと思ってたところだ」

辰五郎はそう言ってから、照月堂が年内で店を開けているのはいつまでかと尋ねた。

「大晦日《おおみそか》の前日までです」

「そうか。それなら、大晦日の昼過ぎに俺が照月堂へお邪魔すると、旦那さんにお伝えしてくれるかい？」

「分かりました」

なつめはすぐにうなずいた。

「くわしいことは、その時、俺の口からお話しするよ」

辰五郎はそう言ってから、再び目を柿の木の方へ戻した。

庭に辰五郎の姿を見た時から、気にかかっていたことがある。菓子作りから客の対応まで、一人でこなしているはずの辰五郎が、こんなところでぼうっとして、店はどうなっているのだろう、と――。

だが、そのことを面と向かって、辰五郎に問うことはできなかった。

そんななつめの胸中を知ってか知らずか、

「まあ、理由はどうあれ」

と、辰五郎は気を取り直した様子で言い出した。

「せっかく、なつめさんとお嬢さんが来てくれたんだ」

そこで、辰五郎は柿の木から目をそらし、なつめとしのぶに向き直った。

「今日は寒いから、熱い茶の一杯くらいは飲んで行ってくれよ」

「私がそんなことをしていただくわけには……」

しのぶは慌てて言いかけたが、

「おっと。ここへ来た以上、お嬢さんもお客さんですよ」

と、辰五郎が笑みを含んだ声で言った。

「辰五郎さんもこう言ってくださることだし、少しだけお邪魔させてもらいませんか」

なつめが言葉を添えると、

「辰巳屋さんがよろしいのであれば……」

と、遠慮がちながら、しのぶも承知した。

「よし、それじゃあ決まりだ。どうぞ入ってください」

辰五郎は先に立って歩き出し、二人を辰巳屋の店の中へと招き入れた。

店の中に客はいない。

菓子を入れた蒸籠《せいろ》が店先に並んでいるわけでも、菓子の案内札が立てられているわけでもない。どうやら、今日はもう客は来ないものと見越していたのだろう。

しかし、店の奥がそのまま厨房になっている辰巳屋では、中へ入ると甘い香りがしてきて、菓子作りをしていたことが分かる。

辰五郎は上がり框《がまち》に座っていてくれと言い置き、一人奥へ入って行った。

なつめの横に腰掛けたしのぶが、

「辰巳屋さんはたい焼きを作ってらしたのかしら」

と、小声で訊《き》いてくる。

「さあ、餡のにおいはしますけれど、餡を使うのはたい焼きだけではないですし……」

なつめの返事を聞き、しのぶは軽くうなずいたものの、その後、小さな吐息を漏らした。

今は他の客もいないことだし、辰五郎は菓子も振る舞うつもりかもしれないが、しのぶは菓子を楽しもうという気持ちにはなれないのだろう。

（こんな時に、しのぶさんとここへ来たのは間違いだったかしら）

菓子とは、おいしい、おいしくないを言う前に、その味わいを楽しもうという心のゆとりが必要となるものなのではないか。

肩身が狭そうにしているしのぶの隣で、なつめはふとそんなことを考えていた。

だが、たとえそうだとしても、ゆとりのない人の心を菓子によって明るくすることだってできるはずだ、とも思う。菓子には人を元気にする力がある。なつめが照月堂の〈最中《もなか》の月〉と出会った時も、郁太郎《いくたろう》と一緒に最中の月を作った時も、そうだったではないか。

菓子の役目とはいったい何なのだろう――なつめが改めて思いをそこに馳《は》せた時、

「お待たせ」

辰五郎が厨房から現れた。

お盆の上には茶碗と皿がのっている。だが、皿の上の菓子はたい焼きではなかった。

「団子につぶ餡をのっけた餡団子です。このくらいなら、そんなに腹に重くならないでしよう」

辰五郎はそう言って、串にささった餡団子を二本のせた皿を、なつめとしのぶの間に置いた。

「さっきからしていた甘いにおいは、この餡のものだったんですね」

なつめは辰五郎に向かって言い、そっとしのぶの方をうかがうと、大好きな菓子を目の前にしたせいか、その表情にも明るさが加わっている。

「そういえば、私、餡団子を食べるのは初めてです」

団子と餡――汁粉《しるこ》では当たり前の、取り立ててめずらしい組み合わせではないはずなのに、どうして今まで餡団子を食べたことがなかったのだろうと、しのぶが不思議そうに呟いた。

「氷川屋さんでは、串刺しの団子は出してないんですよね」

辰五郎が尋ねると、しのぶがうなずいた。

「はい。月見団子は作っていますけれど、団子は団子屋さんやお茶屋さんが出すものというように思っていました」

「そういえば、照月堂でも同じですよね、辰五郎さん」

なつめが思い出したように言って、辰五郎を見る。

「ああ。菓子屋と団子屋でそれぞれの領分をおかさないっていうか、そういうところがあるんだろうな」

辰五郎がなつめに向かってうなずくと、さらに説明を続けた。

「団子は茶屋で食べて小腹を満たしたり、物見遊山《ものみゆさん》の途中で食べたりするもの。菓子屋で売るのはお持たせにしたり、家に持ち帰って食べるもの。だから、菓子屋では串刺しの団子を売る必要はないし、力を入れて作った餡をどうせ使うなら、団子じゃなくて餅菓子にして、じっくり味わってもらおうということなんだろうな」

辰五郎はそこで、目をしのぶに向けた。

「茶屋で出すのが醬油《しょうゆ》団子やみたらし団子ってのも、茶屋では手間暇かけて餡を作ることなんかしないからでしょう」

辰五郎の言葉に、しのぶは大いに納得した様子でうなずいた。

「餡は、それぞれの菓子屋の命みたいなものですものね」

「しのぶさんの言う通りだわ」

なつめもそう言ってうなずいた。

照月堂の厨房では、まず小豆《あずき》を煮るところから習い始め、続けて煮上がった小豆で餡を作ることをやらせてもらった。その作業のすべてを、なつめ一人でこなしたことはなかったが、いずれは照月堂の餡を一人で作れるようになりたいと思っている。

確かに、そうやって菓子屋の職人が時をかけて習い覚えた餡が、外出の一休みや行楽のお供として食べる団子と一緒に、するっと腹に収まってしまうのは何だか残念だ。一方で、そうやって気軽においしいものを喜んでもらえるのなら、それはそれでいいことのようにも思えてくる。

なつめがそんなことを考えていると、

「でも、辰巳屋さんでは――」

と、しのぶが遠慮がちに口を開いた。

「こうして、串刺しの餡団子をお売りになっているのですか」

「いや、今までにこうした団子を出したことはありません」

辰五郎は、首を横に振って答えた。

「ただ、俺がやっていきたい菓子屋ってのは、誰でも気軽に、それもあまり金をかけずに、おいしい菓子を食べられる店なんですよ」

「誰でも気軽に、おいしい菓子を……」

辰五郎の言葉を、しのぶがくり返した。

「だから、気軽さっていう意味では、俺が目指してるのは、菓子屋より団子屋や茶屋なんかが近いのかもしれません。といって、団子だけじゃつまらねえから、やっぱり団子屋じゃなくて菓子屋をやりたいんですが……」

辰五郎はそう言って、しのぶから目をなつめに向けて笑いかけた。

なつめさんは俺のそういう心意気を分かってくれてるよな――と、その目が言っている。

なつめは大きくうなずき返した。

「まあ、そんな考えから、串刺しの団子を菓子屋で売るのもいいんじゃないかって思ったわけです」

これは試しに作ってみたもんだから、食べて感じたことを聞かせてほしいと言って、辰五郎は二人に餡団子を勧めた。

改めて皿にのった団子を見ると、通常、茶屋などで出されるのは五つ刺しだが、これは三つだけである。三つの団子は見た目もかわいらしく、ちょっと食べるにはこのくらいがいいのかもしれない。その分、餡はたっぷりとのせられている。

「辰五郎さん、いただきます」

なつめはそう言って、皿に手を伸ばした。しのぶも続いて礼を述べ、なつめと同じように皿の団子の串を取る。

二人は団子を手に、どちらからともなく微笑《ほほえ》み合ってから、ほとんど同時に一つ目の団子を口へ運んだ。

(旦那さんが作るつぶ餡と同じ味わいだわ)

当たり前だが、照月堂の餡の味がここにもある。

先代の市兵衛《いちべえ》から、久兵衛と辰五郎へ伝えられてきた味だと、なつめは思った。

さっぱりとした甘みが、小豆の香りと共に口の中に広がっていく仕合せ。

(私も、この味を伝えていく一人になるんだ……)

つぶ餡が団子とからみ合う食感を楽しみながら、なつめは思いを新たにした。

「とてもおいしいです」

しのぶが今日初めて、にこやかな表情になって言う。

「餡がたっぷりとのっているので、お団子というより餡を食べるような感じになるのではないかと思ったのですけれど、そんなことはぜんぜんなくて……。しっとりと優しい餡を作っていらっしゃるのですね」

やはり菓子屋の娘であり、菓子を食べるのが好きというだけあって、しのぶは菓子について語る時、いつもよりずっと饒舌《じょうぜつ》になる。

それまでのしのぶと違った雰囲気を感じたらしく、辰五郎が少し目を見開いて、しのぶを見つめ返した。

「ありがとうございます、お嬢さん」

辰五郎の言葉に続いて、なつめも口を開いた。

「しのぶさん、やっと笑ったわね」

きっと辰五郎さんの餡団子がしのぶさんを元気にしたんですね――と続けると、しのぶははっとした表情になり、それから顔をほころばせた。

「本当に、なつめさんのおっしゃる通りだわ。辰巳屋さんの餡団子は私を元気にしてくれるお菓子だったのですね」

「私にもそういう菓子があります」

なつめは、初めて郁太郎と亀次郎《かめじろう》に出会った時、郁太郎から最中の月をもらったことを思い浮かべながら呟いた。

「俺にもあるよ。そういう菓子が――」

辰五郎がどこか遠いところを見つめるような眼差しをして呟く。

もしかしたら、市兵衛から照月堂の饅頭《まんじゅう》をもらった時のことを思い浮かべているのではないか。なつめはふと、かつて辰五郎から聞いた話を思い出していた。

辰五郎が病気の父を抱え、貧しさに喘《あえ》いでろくに食べられなかった時、出会ったのが照月堂の饅頭だったという。

「誰にでも、そういう思い出のお菓子があるのかもしれませんね」

しみじみと言うなつめに、しのぶがうなずき返した。

「やっぱり、私はお菓子が大好きだわ。だからこそ、そのお菓子を誰かを苦しめるためなんかに使ってほしくないのに……」

しのぶの呟き声は、次第に力を失って、小さくなっていく。

「しのぶさん、せっかくお菓子が取り戻してくれた元気を失《な》くしてしまったらいけないわ」

なつめは明るい声で言い、餡団子を食べましょうとしのぶを誘った。

しのぶも気を取り直した様子で、すぐに笑みを浮かべると、

「本当にそうね。元気を頂戴します」

と、辰五郎に目を向けて言い、二つ目の団子を口に入れた。

それを見届け、なつめも二つ目、続けて三つ目の団子をじっくりと味わう。

しのぶの言う通り、しっとりとしたこの餡の優しさは辰五郎の気遣いと優しさそのものだという気がした。

# 四

その後、なつめとしのぶは兼康のある通りまで歩いて戻った。しのぶはこの通りで駕籠《かご》を拾い、上野へ帰るという。

「父さまのしていることを目の当たりにして、私、改めて思いました。父さまのしていることは、絶対に間違っているって」

しのぶは別れ際、そう言った。さらに、すぐに解決できるようなことではないが、自分にも何かできることがないか考えてみると、真剣な目をして続けた。

「父さまがうちの職人にやらせていることは、職人たちの誇りを奪うようなことです。辰巳屋のご主人を見て思いました。あの方は本当に菓子作りに誇りを持っていらっしゃるって」

と言うしのぶの表情には、菓子屋の娘としての自覚が漂っている。ふだんはおとなしく遠慮がちな人柄なのに、店のことや職人のことを考える時、やはり大店の跡取りとしての顔を見せるのだなと、なつめは改めて思った。

しのぶの優しさや、正しいことをしようとするひたむきなところが好きだが、こういう一面も友のすばらしいところだと思う。

「来年になったら、お菓子の食べ歩きをしましょう」

互いにそう約束し合ってから、その日は別れ、なつめは駒込へ戻った。

いつも使っている裏口へ回るべく、表通りから路地へ入ろうとしたところ、照月堂の店から二人連れの男が出てくるのが見え、なつめは足を止めた。

二人とも、小袖《こそで》の上に、羽織に似た黒の十徳《じっとく》らしき着物を着て、頭巾《ずきん》をかぶっている。

(お医者さまか、儒者《じゅしゃ》の方かしら)

どうやら一人はかなりの年輩で、もう一人は四十路《よそじ》くらいに見える。

四十路ほどの男は、おそらく買い求めたばかりの菓子の包みを手にしていた。かなり大きな包みなので、親戚でも集まって食べるのかもしれない。

二人の客に続いて、番頭の太助《たすけ》が見送りに外へ出てきた。

客たちは店の近くに待たせておいたらしい駕籠に乗り込み、太助が丁寧に頭を下げて見送っている。

客の乗る駕籠が走り出し、太助が顔を上げるのを待って、なつめは声をかけた。

「ああ、なつめさん。ちょうどいいところへ!」

太助はなつめの顔を見るなり言った。

「旦那さんに、急ぎお伝えしたいことがあったんですよ」

自分は店番を離れられないから、これから厨房へ戻るのなら伝えてほしいと、いつもより早口で言う。

「今のお客さまのことなんですがね」

「ちらっとお見かけしましたが、お医者さまですか」

「いやいや、違うんですよ」

太助は手を顔の前で横に振った後、勢いよくしゃべり出した。

「初めて来られたお客さまなんだが、歌や俳諧《はいかい》をやっておられるそうです。何でも、江戸には出て来られて間もないらしいが、子たい焼きの評判をどこかで聞いたとかで、今日はあるだけ全部買い求めて行かれたんですよ」

「あるだけ全部、ですか」

さすがに驚いて、なつめは大きく目を見開いた。

「そうなんですよ。あたしも驚いてしまってね」

今回は、急に決まった俳諧の集まりがあるとかで、そのための菓子を買い求めに来たということらしい。

「茶会の主菓子ほど格式ばっていない菓子を探しておられたそうです。といって、大口を開けて食べるような雑菓子《ざつがし》の類《たぐい》でも困るわけで、その点、うちの子たい焼きはさほど格式ばらず、ちょっとした愛嬌《あいきょう》もありつつ、ほどよく品も備えているので、ちょうどご要望に合っていたのだそうで」

太助はにこにこしながら言った。

「もし子たい焼きをお気に召していただければ、うちのお得意さまになってくださるかもしれません」

今日のところは名乗ることはなかったそうだが、次に見えることがあれば、もう少しくわしい話を聞けるかもしれないと、太助は期待を顔ににじませている。

一刻でも早くこの話を久兵衛に伝えてほしいと言う太助に、なつめも笑顔でうなずいた。このいい知らせと本郷での悪い知らせ——一体どちらから先に話したらいいだろう。ほくほくした顔つきの太助と別れ、裏口へ回りながら、なつめはそのことを決めかねていた。


結局、太助からの言伝《ことづて》の方を先に口にすることになった。

子たい焼きの評判がよく、気に入ってくれた客がいたという話が久兵衛を喜ばせたのはもちろんである。

しかし、辰五郎の店に客が入っていなかったという話、店の近くで氷川屋が屋台売りをしていたという話は、久兵衛を苦い顔つきにさせた。

「そうか。店を開けているような頃合いに、辰五郎は外にいたのか」

「はい。でも、辰五郎さんは投げやりになっているようなところはまるでなくて、一言だって氷川屋さんを悪く言っておられませんでした」

「まあ、そういう我慢強さがあいつのいいところだからな」

なつめの報告を受けた久兵衛はそう呟いたが、

「辰五郎は大晦日にうちへ来て、くわしい話をすると言ったんだな」

と、なつめに確認した。

「はい。こちらがその日は店を開けないことを確かめた上で、昼過ぎに来るとおっしゃっていました」

「そうか。大晦日の昼過ぎからは、厨房の大掃除をする予定だったな」

久兵衛の言葉に、なつめはうなずいた。

午前のうちに、久兵衛は得意先から注文のあった正月用の餅《もち》を作るという。なつめはその日は、昼過ぎから店へ来るようにと言いつけられていた。

「餅作りは早めに済ませておく。お前も大休庵《たいきゅうあん》での用事がなけりゃ、少しだけ早く来てくれ。大掃除は手早く済ませちまおう」

「分かりました。九つ（正午）前にはこちらへ参ります」

と、なつめは答えた。

それから数日後の大晦日当日。

朝のうちは大休庵の掃除をしたり、「食積《くいつみ》」と呼ばれる新年の祝い膳を用意するお稲《いね》を手伝ったりして、なつめは過ごした。

食積では、米、餅に加え、橙《だいだい》、勝栗《かちぐり》、干し柿などの果実、ゆずりはなどを盛り付ける。のし鮑《あわび》、海老《えび》、数の子、ごまめなどを加えることもあるが、今はご禁制に触れるので入っていない。

「やっぱり、去年の大晦日とは違いますか」

橙を手に取り、じっと見つめているなつめに向かって、お稲が問うた。

なつめは顔を上げると、微笑みながらうなずいた。

「ええ。去年は橙を見ても干し柿を見ても、ああ食積のお膳だわ、としか思わなかったのに、今年はこれを使ったらあんなお菓子ができる、干し柿から作ったあのお菓子はおいしかったわって、そんなことが浮かんでしまうの」

「それだけ、その道をしっかり歩き続けているってことですやろなあ」

突然、廊下の方からはんなりとした声が聞こえてきて、なつめは急いで振り返った。

いつの間にやら了然尼《りようねんに》が台所まで足を運んでいて、今の会話が聞かれていたらしい。自分の選んだ道をしっかり歩いていると言われ、嬉《うれ》しくはあったが気恥ずかしくもあった。

（去年までの私は、なりたいものがころころ変わっていたというのに……）

今はこんなにも菓子のことで頭の中がいっぱいになっている。そのことが何とも嬉しく、ちょっぴり誇らしくもあった。

それに、今年は、菓子を通して知り合った多くの人たち——照月堂の人々は無論のこと、しのぶや安吉《やすきち》、菊蔵《きくぞう》との出会いがあった。そのことに、まずは何よりも深く感謝の気持ちが湧《わ》いてくる。

「了然尼さま、それは……」

お稲がふと了然尼の手もとに目を向けて声を上げた。

「南天《なんてん》どす。床の間に飾ろうと思いましてな」

南天は「難を転ず」ということから、縁起がよい木とされている。まさに正月に飾るのにふさわしい木であった。

「そうだわ」

なつめは手を合わせて言った。

「海老がない代わりに、南天の実を副《そ》えたらどうでしょうか。赤い色が食積のお膳に入っていると映えますし」

なつめの言葉に、了然尼とお稲は思わず顔を見合わせていた。

「なつめはんがお膳の見た目にこだわらはるのも、やっぱりお菓子に関わるようになったからやろなあ」

菓子はおいしさも大事だが見た目も大事――そのことは毎日菓子に囲まれながら暮らすうちに、実感されることである。

「南天の実は咳止《せきど》めにもなるし、確かお赤飯の上に南天の葉をのせるのも毒消しの効果があるから、どしたなあ」

了然尼の言葉に、お稲がうなずいた。

「はい。明日、お使いになるお箸も南天の木から作ったものです」

「南天は縁起がよいだけではなく、いろいろな使い道のあるものなんですね」

咳止めのことくらいは知っていたが、他は去年まで気に留めたこともなかっただけに、なつめは感心して呟いた。

「南天の枝を、今日、照月堂にお持ちしてもよろしいでしょうか」

なつめが問うと、了然尼が「そうしなはれ」と笑顔で言った。それから、なつめはお稲と一緒に庭へ行き、明日の膳に飾る枝と、照月堂に持参する枝を、相談しながら選び抜いた後、鋏《はさみ》でそっと切り取った。


なつめは早めの昼餉《ひるげ》を摂り、昼前に照月堂へ到着するよう大休庵を出た。まず、仕舞屋《しもたや》の方へ顔を出し、おまさに南天の枝を渡すと、

「まあ、立派な枝」

おまさは顔をほころばせた。

「これは、さっそく玄関に飾らせてもらうわ」

縁起物だものね——と、おまさは嬉しそうに言った。

それから、なつめは水屋着《みずやぎ》を身につけ、厨房へ出向いた。すでに注文を受けた餅作りは終わっているのだろう。

久兵衛はいなかったので、なつめは道具の後片付けをするとともに、厨房の中をいつも

より丁寧に掃除し始めた。

調理台の上を水拭きしている時、久兵衛が戻ってきた。

「お餅を取りにいらしたお得意さまがいらしてたんでな。店の方に出ていた」

と、言う。昼餉は食ったかと問われたので、大休庵で軽く食べてきたと答えると、

「なら、試し食い程度だな」

と言って、久兵衛は近くの鍋から中身を少し椀によそい、なつめに渡した。

「お汁粉ですか」

「正月用の餅が余ったんでな」

と言う。団子を入れて食べるお汁粉もいいが、作り立ての餅をこうして食べるのもとても贅沢《ぜいたく》だ。

お汁粉は遊び心で作ったようだ。汁自体はもう冷えているのだが、それでも餡の味わいがいいせいか、とてもおいしかった。粒が大きくて、皮の破れていないころころの小豆は大納言《だいなごん》であろう。

口の中で嚙《か》みしめると、粘りのある餅と歯ごたえのある小豆がほどよい加減で混じり合う。

「ごちそうさまでした。作り立てのお餅は柔らかくて、嚙めば嚙むほど餡とからんで味わいが増します」

食べ終えたなつめが言うと、

「うちが主菓子の注文を受けるようになりゃ、正月の餅の注文も次第に増えてくる」

久兵衛が作る餅も餡も、舌の肥えた上客を意識してのものなのだろう。

常に己の進む道を見定め、迷うことなく突き進む久兵衛の姿に、なつめは改めて感銘を受けた。

やがて、九つ半（午後一時）になった頃、大方の片付けと掃除が終わったのを機に、

「そろそろ辰五郎が来る頃だろう」

と、久兵衛が言い出し、二人は厨房から仕舞屋へ引き上げることになった。いったん別室に引き取った久兵衛より先に、なつめが居間へ入って行くと、

「なつめちゃん、双六《すごろく》して遊ぼう」

と、亀次郎が姿を見るなり飛びついてきた。

以前は子守をして毎日一緒に過ごしていたが、なつめが厨房に入ってからは、一緒にいられる時も少なくなってしまった。菓子作りをしない今日こそは、なつめが遊んでくれると信じ込んでいるらしい。

期待に目を輝かせている亀次郎を見ると、一緒に遊んでやりたいのだがそれもできず、返事に困っていると、

「なつめお姉さんはこれから用事があるんだよ」

と、横から助け船が入った。郁太郎である。

「お父つぁんとなつめお姉さんが来たら、二階へ行きなさいって、おっ母さんが言ってた

じゃないか」

郁太郎が亀次郎の手を取って、たしなめるように言うと、

「お父つぁんはまだ来てないじゃないか」

と、亀次郎は拗《す》ねた声で言い返した。

「ほらほら、お父つぁんが来る前に、お前たちは二階に上がってなさい」

おまさが子供たちを追い立てるようにする。亀次郎はなおもぐずっていたが、

「ほら、寺子屋へ通う道具をおじいちゃんにそろえてもらったでしょう。足りないものがないかどうか、お兄ちゃんと一緒に確かめなさい」

と、おまさから言われると、寺子屋の話に気がそがれたのか、亀次郎はころりと態度を変えて、うんとうなずいた。そこを逃さず、

「寺子屋へ行った初日に、先生から褒めてもらえるよう、なつめお姉さんに教えてもらった字の練習をするのよ」

と、おまさが言う。これにも、亀次郎は素直にうなずいた。

「せめて名前くらいは書けるようにね。前みたいに、かめじろうの『じ』のてんてんを逆につけたりしたらはずかしいわよ」

「それはもう大丈夫だよ」

亀次郎が唇を尖《とが》らせながら言い返した。

「郁太郎、頼んだわね」

と言うおまさに、郁太郎が大丈夫と答え、亀次郎の手を取った。

「おとなしくいい子にしていたら、後で下に呼んであげるから」

おまさの言葉に、「ぜったいだよ」と亀次郎が念押しをする。

「なつめちゃんもいてよ。帰っちゃだめだからね」

郁太郎に手を引かれながら顔を後ろに向けて言う亀次郎に、なつめははいはいと笑いながらうなずいた。

「二人には辰五郎さんが来ること話していないの。顔を見たら、二人ともきっと喜ぶわ」

兄弟が部屋の外へ出て行ってから、おまさがなつめにそっとささやく。

特に、郁太郎は辰五郎になついていたから、たいそう喜ぶだろう。

そんなことを思っているうち、小袖に着替えた久兵衛に続いて、餅を受け取りに来る客の応対を終えた太助が現れた。待ちかねた辰五郎の声が仕舞屋の玄関口から聞こえてきたのは、そのすぐ後のことであった。

「私が参ります」

なつめが立ち上がると、久兵衛が無言でうなずいた。おまさも茶を淹《い》れてくると言って部屋を出る。

なつめが玄関の戸を開けると、

「ああ、なつめさん」

風呂敷包みを手にした辰五郎が笑顔を見せた。

「店を開けないと言っていたけれど、今日もなつめさんはこっちに来ていたんだね」

「はい。厨房の掃除もあったものですから。番頭さんもいらっしゃいます」

「何だか、俺の店の話なのに、照月堂の皆さんを巻き込んじまったみたいだな」

「巻き込んだ、だなんて。皆、辰五郎さんのお店のことを自分のことのように考えているんです」

「そうか」

辰五郎はなつめの言葉に感じ入った様子で、少し沈黙した。

「ありがたい話だよな。何はともあれ、さ」

と、ぽつりと呟く。

「さあ、皆さん、お待ちかねです。中へお入りください」

なつめは辰五郎を中へ入れると、皆の待つ居間へと案内した。

## 五

「旦那さん、ご無沙汰《ぶさた》してます。番頭さんにもご無沙汰しちまって」

辰五郎はまず久兵衛に向かって挨拶し、続けて太助にも頭を下げた。

「ご隠居さんにはしょっちゅう店へ顔を出してもらってますが……」

と言う辰五郎に、市兵衛がにこにこした笑顔でうなずいている時、おまさが茶を淹れて戻ってきた。

「おかみさんにもご無沙汰してます」

辰五郎がおまさに挨拶し、

「これ、俺が作った菓子なんですが、後で皆さんに味見してもらおうと思って」

と、風呂敷包みごと、おまさに差し出した。

「まあまあ、それは楽しみだわ。郁太郎と亀次郎も喜びますよ。今日のことは話してないんだけれど、あの子たちも辰五郎さんに会いたいでしょうから」

おまさが風呂敷包みを受け取り、皆に茶が振る舞われたところで、

「辰五郎、今度のことでは俺もゆっくり話がしたいと思っていた」

と、久兵衛が切り出した。

「俺たちは皆、氷川屋がたい焼きの屋台売りを始めたことは知ってるし、お前の店の近くで、客を横取りしている嫌がらせについても、なつめから聞いた。俺が腑《ふ》に落ちねえのは、あの店がどうしてお前に嫌がらせをするのかってことだ」

「それは、氷川屋と照月堂の因縁のきっかけになった安吉を、俺が預かってたっていう経緯もありますし」

辰五郎が控えめな口ぶりで答える。

「確かに、うちの店にちょいと探りを入れりゃ、お前とうちのつながりはすぐに知られただろう。安吉がお前のとこで世話になってたことを、氷川屋がつかんでいても不思議はな

い。けど、それだけでここまでの嫌がらせをするのは、いくら何でも行き過ぎだ。まして、お前の店はまだ商いを始めて日も浅いっていうのに……」

久兵衛の言葉に対し、辰五郎は何とも言わなかった。久兵衛は一人言葉を継いだ。

「氷川屋の主人は、力のある店から職人を引き抜くのが得意なんだそうだ。うちも競い合い以来、氷川屋に目をつけられているらしい。だが、生憎《あいにく》、うちには引き抜くような職人がいねえ。もちろん、お前がうちにいた時なら、話は違ったろうが……」

辰五郎はいつしか目を下へやり、もはや久兵衛と目を合わせていない。

「辰五郎」

久兵衛は改まった口調で、辰五郎を呼んだ。

「顔を上げろ」

久兵衛の言葉に抗《あらが》えないという様子で、

「へえ……」

と言いながら、辰五郎が顔を上げる。その辰五郎の目をじっと見据えるようにしながら、

「お前、氷川屋から引き抜きの話がきて、それを断ったんじゃねえのか」

と、久兵衛は息も継がずに一気に尋ねた。

辰五郎の表情が見る見るうちに強張《こわば》っていく。返事は聞かずとも明らかだった。

「そうか」

久兵衛は納得した様子で言った。

「そんなところじゃないかと思ってたが……」

「冗談じゃありません！」

いきなり憤慨《ふんがい》の声を上げたのは太助であった。

「引き抜きを断ったからといって、駆け出しの菓子屋をつぶしにかかるだなんて、そんな無法が通ってよいものでしょうか。辰五郎さんも辰五郎さんだ。どうして、そういうことがあった時に、こちらへ知らせてくれないんですか」

まあまあ、番頭さん――と、久兵衛が太助をなだめにかかる。

「辰五郎としちゃ、俺たちに迷惑をかけられんと思ったんだろう。そうでなくても、初めに売り出した辰焼きでは、猿真似だの何だのおかしな噂《うわさ》を立てられて、心配をかけたって気にしてただろうし……」

辰五郎に目を戻した久兵衛は、

「いや、待てよ」

と、そこで思い直したように口を閉ざした。

「もしかしたら、そのおかしな噂の出どころも、案外、氷川屋が裏で手を回していたのかもしれねえな」

それから、久兵衛は引き抜きを持ちかけられたのはいつのことだと、改めて辰五郎に尋ねた。

「ちょうど、おかしな噂のせいで、辰焼きを売るのをやめていた時のことでした。十一月の間に返事をするように言われ、それを無視する形になったのですが……」

「まず、辰焼きにけちをつけて、商いの邪魔をする。そこで引き抜きに応じればよし、応じなければさらなる手を打ってきたってわけか」

久兵衛がうなった。

「だが、氷川屋がたい焼きの焼き型を大量に作らせるのには、少なくともひと月はかかっただろう。ひと月前なら、辰五郎の店ではまだたい焼きを売っていなかったはずじゃないかね」

その時、市兵衛が初めて口を開いた。

「親父の言う通りだ」

久兵衛がおもむろにうなずき返す。

「つまり、その時、氷川屋が標的としていたのは、たい焼きを売ってたうちの店だったんだろう。けど、うちはたい焼きを辰五郎の店に譲る形で、商いから手を引いた。そのせいで、今回の標的が辰五郎になっちまったんだ」

久兵衛がそれまで以上に苦々しげな口ぶりで言った。

「氷川屋にしてみりゃ、照月堂でも俺の店でもどちらでもよかったんでしょう。どっちもつぶしたいというのが、本当のところでしょうし」

辰五郎が淡々とした声で言うのに対し、久兵衛は難しい顔で首を横に振った。

「氷川屋にとっちゃ、どっちでもよかったかもしれねえが、俺たちにはそうはいかねえ。

いわば、うちの店が受けるはずだった被害と悪評を、辰五郎に背負わせちまったってことになるんだからな」

「旦那さんがそのことで、負い目を感じられる必要はありません」

辰五郎は久兵衛をしっかりと見つめ返しながら言う。

「だがな、辰五郎。お前の店は今、相当苦しいだろう。店を始めるまでに金もかけたはずだ。それを回収できるほどの売り上げをまだ稼ぎ出しちゃいるめえ」

「それは……」

言葉を濁す辰五郎に皆まで言わせず、久兵衛は「辰五郎」とその名をもう一度、力のこもった声で呼んだ。

「これはお前を憐《あわ》れんで言うわけじゃねえ。ただ、けじめとして言わせてくれ」

それだけ言って、久兵衛はいったん言葉を置いた。

辰五郎は久兵衛の言わんとすることが想像できず、訝《いぶか》しげな表情を浮かべている。

「辰五郎、また俺の下に戻ってこねえか」

一気に告げられた言葉に、

「えっ……」

と、辰五郎が応じたのは一呼吸の間《ま》を置いてからであった。

辰五郎はあまりに意外な言葉を聞いたせいか、返事はおろか、驚きの言葉さえ発することができないでいる。

久兵衛が沈黙を埋めるように言葉を継いだ。

「お前が俺の進む道に反対なのは知っている」

京が本場の主菓子を作って、江戸で名を上げたいと願う久兵衛。

一方、そうした高級な菓子よりも、誰もが気楽に食べられるおいしい菓子を作りたいと願う辰五郎。

進もうとする道がまったく異なるため、対立したこともあった。それを踏まえた上で、久兵衛は続けて言う。

「もしそうなれば、ここは俺の店だから、俺のやり方に合わせてもらわなきゃならねえ。だがな、お前は親父から、主菓子の作り方だって一通り仕込まれたはずだ。お前は好きじゃねえんだろうが、お前が主菓子作りのいい腕を持ってることは、俺だって認めてる。俺の餡を作れるのもお前だけだ。ほとぼりが冷めたら、また辰巳屋を仕切り直せばいい。それまで、俺の菓子作りを手伝うってのはどうだ？」

そんな道を思い浮かべてみたこともなかったのだろう、辰五郎はなおも驚きの表情を消し切れないでいる。

なつめも驚いたし、太助も同じようであったが、ある程度、久兵衛の胸中を察していたのか、おまさと市兵衛はさほど驚いた表情を見せてはいなかった。

ややあって、なおも辰五郎が返事をしかねているのを見て取ると、太助が口を開いた。

「辰五郎さん、あたしにはあれこれ指図することはできないけど、旦那さんのお申し出はありがたいものだと思いますよ」

ここは意地を張るところじゃない――と、太助は説き聞かせるように言う。

「辰五郎さんが帰って来てくれることで、うちの店が助かることだって大いにあるんです。大体、あの氷川屋がこれから何を仕掛けてくるか分からない今、辰五郎さんのような職人が旦那さんのそばにいてくれることは、あたしとしてもずいぶん心強いですよ」

本当にその通りだと、なつめは太助の傍らで大きくうなずいていた。

おまさも期待を込めた眼差しで、辰五郎の口もとを見つめている。市兵衛はいつもの穏やかな表情でいるため、賛成なのか反対なのかよく分からないが、どんな形であれ、辰五郎と久兵衛の決めたことを受け容れるに違いなかった。

(辰五郎さんが帰って来てくれたら、私だってどんなに心強いことか)

と、なつめが思った時、辰五郎の口がおもむろに開いた。

「旦那さんのお気持ちは本当にありがてえと思ってます。正直、旦那さんからそんなふうに言ってもらえるとは、夢にも思ってなかったですから」

辰五郎はもはや驚きも浮かべてはおらず、落ち着いた口ぶりである。

「けど、やっぱり、旦那さんの下で働くのは、旦那さんの進む道に賛同できる職人がいいと思います。それが、坊ちゃんたちなのか、なつめさんなのか、これから入ってくる別の職人なのかは分からねえけど、旦那さんの右腕にふさわしい職人は必ず現れる」

その時、旦那さんの下に俺がいちゃいけないと思うんです――と、辰五郎はきっぱり告げた。

「こちらを出る時、暖簾《のれん》分けという形で照月堂のお名前を使わせてもらうこともできたのに、あえて死んだ親父が使ってた辰巳屋にしたのは、俺自身です。そのけじめは俺がつけなけりゃいけません」

「そうか」

久兵衛は落ち着いた声で応じた。あたかも、辰五郎がそう答えることが初めから分かっていたようにも見える。

だが、なつめとおまさは残念な気持ちを隠し切ることができず、小さな吐息を漏らした。

「で、お前自身はこの先、どうしようというつもりなんだ」

久兵衛はすぐに気持ちを切り替えた様子で、次のことを尋ねた。

「今、辰巳屋をこれまでのような形でやっていくことは難しいと思ってます」

辰五郎は待っていたようにきびきびと答える。

その物言いを聞けば、辰五郎が氷川屋の仕打ちをぶちまけるために来たのではなく、これからの報告をするためにやって来たのだということは明らかだった。

「けど、菓子は作り続けます。実は、この前、なつめさんが来てくれた時にも少し話したんですが、俺が目指しているのは、茶屋で食べる串刺しの団子みたいに気軽な菓子を売る店です。ただ、それを始めるには、今ある団子屋や茶屋から目の敵にされない工夫が必要になる。人の噂や同業の嫌がらせには、いろいろと考えさせられましたんで」

辰五郎はさほど沈んだ様子も見せずに淡々と告げた。

「まあ、理不尽なことをされたのは間違いねえが、痛い目に遭えば、そこから学ぶことはあるもんだからな」

久兵衛の言葉に、辰五郎は「へえ」とうなずいた。

「それで、俺はまず団子の仕出しから始めようと思ってます」

「団子の仕出し――？」

「前に、安吉と月見団子を売ったことがありましたが、あの時、兼康の近くの茶屋から団子を回してくれって話もあったんです。まあ、今度のことがあるから、あの辺りの茶屋は氷川屋が手を回してるかもしれませんが、江戸中の茶屋に手を回しちゃいねえでしょう。これから、うちの団子を仕入れてくれる店を探して、出直そうと思います」

「団子か。しかし、自分のとこで団子を作ってる茶屋も多いだろう。そこへ新たに割り込むのはたやすい話じゃねえ。どう工夫するつもりなんだ」

「そこは、やっぱり味で勝負するところじゃねえか、と――」

辰五郎はこの時だけは、その目に自信をみなぎらせて答えた。

「みたらし団子や醤油団子だけじゃなく、餡団子を要《かなめ》にするつもりです。餡も小豆のつぶ餡とこし餡だけじゃなく、他の豆でも工夫してみようかと考えてるところで」

「小豆の餡は団子との相性がいいが、他の豆にも工夫の仕方で合うものがあるはずだ。いんげんだって主菓子以外の使い方があっていい。工夫のし甲斐はいろいろあるだろうさ」

市兵衛が辰五郎の決断を後押しするように言った。

辰五郎は市兵衛に頭を下げると、改めて久兵衛に向き直った。

「そして、旦那さん」

と、床に手をつき、真剣な口ぶりで続けて言う。

「こちらに戻る道は選びませんが、氷川屋の嫌がらせに限らず、何かあった時には俺を呼んでください。仕出しに切り替えれば、一日中店に縛られるわけじゃないですし。もし旦那さんがお許しくださるのなら厨房でのお手伝いもしますし、外での引き札配りでも坊ちゃんたちのお世話でも、何でもやりますんで」

「分かった」

久兵衛は短く答えた後、先を続けた。

「だが、それはこちらとしても同じ話だ。お前が仕出しの仕事をする際に、新たな嫌がらせがないとも限らねえ。その時は今度のように一人で抱え込まず、報《しら》せるんだ」

「分かりました」

辰五郎も久兵衛の言葉に同じように答えた。

「それじゃあ、ひとまずこの話は終わりだな」

久兵衛が気持ちを切り替えるように、声の調子を上げて言う。

「辰五郎が持ってきてくれた菓子をいただこうじゃねえか」

おまさがさっそく「はい」と受ける。

「それじゃあ、坊ちゃんたちは私が呼んできます」

もちろん辰五郎さんがいらしたことは内緒で――と、なつめがおまさに微笑を向けて言った。

「あの子たち、きっと驚いて大はしゃぎするわね」

おまさが笑い返し、二人は笑みの含んだ眼差しを、そのまま辰五郎の方に向けた。

## 六

「辰五郎さん！」

「わあい、辰の字が帰って来たあ」

予想した通り、郁太郎と亀次郎は大喜びで、辰五郎に飛びついていった。

「今日はずっとここにいるの？」

「鬼やらい、するんだよ。もう豆もあるんだ」

「辰五郎さんも一緒に鬼やらい、するんでしょう？」

「鬼は外、福は内って言うんだよ」

二人の子供たちが交互にしゃべり続けるので、辰五郎は一つ一つに返事もできないでいる。だが、子供たちを相手にしている時の眼差しは優しげで温かく、そこにはもう緊張の色もない。三人が戯《たわむ》れている姿はまるで昔が戻ってきたようであった。

そうするうち、辰五郎の菓子に合わせて茶を淹れ直すため、台所へ行っていたおまさが居間に顔をのぞかせた。茶の用意ができたわけではないらしく、

「ちょっと」

と、どことなく不安そうな顔をしている。

「何だか、庭に人がいるみたいなんだけど……」

初めは客が来たのかと思っていたが、しばらくしても玄関から声のかかる気配がない。様子を見てきてほしいというので、

「私が見てまいります」

と、なつめは立ち上がった。

「いや、氷川屋のこともあるし、怪しい奴かもしれません。あたしが行きましょう」

なつめを制するように言って、太助が立ち上がる。辰五郎も立ち上がろうとしたが、太助が大丈夫だと言うので、そのまま子供たちに取りつかれた格好である。

なつめは立ち上がった手前、太助の後から様子を見について行った。

万一のことがあれば、奥へ知らせに戻らなければならない。

「店を閉めていることを知らなかったお客さんでしょうか」

なつめが不安げに尋ねると、

「いや、それなら表通りで確認して、そのまま帰るでしょう。庭に入ってくるのはどう考えてもおかしい」

と、険しい顔つきで太助が言う。

申し合わせたわけでもないのだが、玄関に近付くにつれて、二人はなるべく足音を立てぬようにして歩いた。戸の前で足を止めた太助が「開けますよ」という目配せを、なつめに送る。なつめは緊張した面持ちでうなずいた。

「それっ！」

何のつもりなのか、太助がいきなり大きな掛け声と共に戸を開けたので、なつめはそちらの声の方に驚いてしまった。

そのため反応が遅れてしまったが、太助の方は掛け声に合わせて外へ踏み出している。

「何者か！」

続けて太助の放った大声に、庭先をうろついていた人物も仰天したらしい。

「うわ、わ、わ」

と、腰を抜かしたような声を上げている。

「おや、お前さんは……」

その人物の顔を見るなり、太助の威勢のよさがたちまち消え、いつもの落ち着いた調子に戻った。なつめは太助の後ろから、恐るおそるのぞき込む。

「おたくは……植木屋の――」

相手はなつめも知る男であった。そう、名前は確か――。

「健三《けんぞう》さん！」

今の今まで、ほとんど思い出すこともなかったが、ふと名前が浮かんできた。

かつて、氷川屋と菓子の競い合いをした際、三人の判定人のうちの一人を務めた男である。

この時の判定人は、競い合いを提案した戸田露寒軒《とだろかんけん》が一人、氷川屋が一人、照月堂が一人、それぞれ推薦することで決められた。

健三は照月堂が推薦した男である。

ただ、健三は照月堂の客ではあったが上客というほどでもなく、選ばれたのは市兵衛の梅花心易《ばいかしんえき》という、数をもとにした占いによってであった。

結果、健三は判定をする際、氷川屋の菓子を勝ちとし、当然ながら氷川屋推薦の判定人は氷川屋を勝ちとしたので、照月堂は負けてしまったのである。

こうした経緯があったためか、その後、健三が照月堂の暖簾をくぐることはなかったのだが……。

「も、申し訳ねえことをしました！」

太助の誰何《すいか》の声に直立していた健三は、その驚きから覚めると、太助となつめの前にいきなり土下座した。

「申し訳ないって、勝手に庭に入ったことですか。それくらいなら、別に咎《とが》めるほどのことじゃあないが、まさか、お前さん、何か悪いことをしようと思ってたわけじゃないでしょうな」

太助の声は落ち着いているが、疑わしげな色がこもっている。健三は驚いた様子で顔を上げると、大袈裟《おおげさ》に首を横に振って否定した。

「悪いことをしようなんざ思ってません。俺が謝ってるのは、その、菓子の競い合いの時に……」

初め勢いよくしゃべり出した健三の声は、いつの間にか小さくなっている。太助は皆まで言わせず、

「判定のことですか。それなら謝るようなことじゃないでしょう。お前さんは、自分がいいと思った菓子を選んだだけなんだから」

と、淡々と述べた。すると、

「お、俺は――」

健三はそこで再び頭を下げ、額を地面にこすりつけた。

「本当はあの時、俺は照月堂さんの菓子の方がうまいって思ったんだ。そりゃあ、見た目は氷川屋さんの方が派手で好きだったけどさ。けど、菓子は見た目よりまずは味でしょう。だから、本当は照月堂さんを勝ちにしようと思ってたんだけど……」

健三の言葉はそこで止まってしまった。

「もしかして、氷川屋さんから何か言われたりしたんですか」

なつめが健三の言葉の先を促す。すると、それに救われたように顔を上げ、健三は先を続けた。

「言われたってわけじゃないんだが、競い合いの前に高そうな菓子をいっぱいもらっちまってたんだ。女房も子供も食ったこともないような菓子だったから大喜びでさ。判定をする時、その御恩がふと頭をよぎっちまったんだよ。そんで、氷川屋の旦那に目を向けたら、すごい目で睨《にら》んでくるもんだから、俺、怖くなっちまって……」

「それで、氷川屋を勝ちとしたんですか」

少しあきれたような口調で、太助が言う。健三は再び頭を下げた。

「ほんとに申し訳ねえことをしました。こんな嫌な気分のまま、年神さまを迎えるわけにはいかなくてさ。今日はその詫びをさせてもらいたいと思って……」

「詫びたいっていうなら、奥にいる旦那さんにするのが筋ですがね」

という太助の言葉に、そうさせてもらえるならそうしたいと告げた後で、

「今日、こちらへ伺ったのは、差し上げたいものがあったからなんです。それだけ置いたら、誰とも顔を合わせずに帰ろうと思ってたんですが……」

と、健三は遠慮がちに切り出した。

だが、健三は風呂敷包みを持っているわけでもなく、その周りを見ても、何か持参したようなものはない。

なつめと太助は顔を見合わせた。

二人の沈黙に、その内心を読み取ったのだろう、健三はさっと立ち上がると、

「ちょっと待っていてくだせえ」

と言うなり、庭の枝折戸《しおりど》をくぐって外へ出て行ってしまった。何事かと思っていると、健三はすぐに姿を現したのだが、背丈と同じくらいの高さがある根付きの松の木を両腕で抱えている。

「まさか、それ、根引きの松ですか」

昔、初子《はつね》の日に小松引きを行って長寿を願う風習があったが、松は縁起がよいというので、正月に玄関先に飾る家が多い。

二階家に届くほどの松を飾る屋敷もあるという。民家ではそこまでのことはできないものの、健三が持ってきた松はかなり立派なものであった。

「これ、飾ってもらおうと思って」

来年、照月堂に福が訪れるように、という願いをこめてのことらしい。さすがに、植木屋というだけあって、持ってきたものは見事な松の木であった。

「お前さん、こんなすごいもの、黙って置いて、そのまま帰ろうとしてたんですか」

ますますあきれた口ぶりになって、太助が問う。

「それは、照月堂さんには合わせる顔もねえって思ってたから」

健三は松の木を玄関口に立てて言った。根の部分は丁寧に藁《わら》でくるまれている。

「店の前に置いておいても、迷惑だろうと思って、こっちへ回ったんですが……」

恐縮した様子で、健三が言った。

その時、玄関口からぞろぞろと人が現れた。

「うわあ、すごい大きな木だねえ」

「松っていうんだよ」

亀次郎の言葉に郁太郎の答える声が、まず聞こえてきた。

なつめと太助があまりに帰って来ないので、気になった一同が様子を見に来たらしい。

市兵衛と久兵衛、おまさに辰五郎もそろっていた。

「照月堂の旦那さん！」

久兵衛の姿を見るなり、健三は弾かれたようにその場に再び膝をつこうとした。

「待ってくれ」

久兵衛がすぐに声をかけ、健三の動きを制した。

「大方の事情は分かる」

と、久兵衛は落ち着いた声で言った。

「競い合いのことを気にしてなさるんだろうが、裏にどんな事情があれ、おたくはただ判定を下しただけだ。俺はそれを受け止めているし、責めるつもりなんざさらさらねえ」

「旦那……」

「この立派な松の木はもらってもかまわないものなのかい？」

久兵衛の問いかけに、健三は大きくうなずいた。

「へえ。ここへ来る前に、知り合いという知り合いに触れ回ってきました。でかくて立派な松が目印の照月堂へ行けば、つきを呼ぶ菓子とめでたい菓子が食べられるってね。だから、ぜひ飾ってやってくだせえ」

つきを呼ぶ菓子とは〈望月のうさぎ〉のことで、めでたい菓子とは〈たい焼き〉から転じた〈子たい焼き〉のこと。露寒軒が作った歌をどこかで聞いたのか、それとも菓子の評判だけを聞いたのか、そんなことを健三は大声を張り上げて言った。

「それじゃあ、遠慮なく頂戴しよう。その代わり、というわけじゃないが、これから皆で菓子を食おうと思ってたところだ。うちの店から独り立ちした、この辰五郎っていう職人が作ったものだが、おたくもよければ一緒に食っていってくれ」

久兵衛の言葉に、強張っていた健三の表情が一気に緩んでいく。

「さあ、もうお茶も入っていますから、すぐにどうぞ。お客さまの分もすぐにご用意しますから」

おまさが言い、皆を奥へと急《せ》き立てた。

居間へ入ると、すでに座卓が持ち運ばれていて、その上に串刺しの団子が何本も盛りつけられた大皿がのっている。

茶もすでに用意できていて、健三の分はすぐにおまさが運んできた。

小さな座卓を、大人六人、子供二人で取り囲む形になる。

「これ、黄《き》な粉《こ》っていうんでしょう?」

郁太郎が団子を指さしながら、辰五郎に訊いた。串刺しにした団子には黄な粉がたっぷりとまぶされている。

「ああ。大豆を炒って挽《ひ》いた粉なんだ」

辰五郎の言葉に続いて、

「駿河《するが》の〈安倍川餅《あべかわもち》〉で有名になったな」

と、久兵衛が言う。

「権現《ごんげん》さまが安倍川の茶屋で召しあがったそうだ。黄な粉は安倍川の砂金に見立てたものだという」

「これ、金の粉なの？」

亀次郎がよく分からないという表情で首をかしげている。

「本物の金じゃなくて、金に似ている豆の粉なんだ」

郁太郎が説明するのに続けて、辰五郎が口を開いた。

「今日は、鬼やらいをするだろう？　あの時に使う大豆なんだよ」

「それじゃあ、これは鬼やらい団子だね」

亀次郎の言葉に、辰五郎がやられたというような表情を浮かべてみせる。

「坊ちゃんに先に言われちまいましたね。俺、この団子の菓銘、〈鬼やらい団子〉にしようと思ってたんですけど」

苦笑いしながら辰五郎が言った。

「黄な粉団子より、そっちの方がいいだろうな」

と、久兵衛が口もとに笑みを浮かべながら言い、

「それじゃあ、いただくとしよう」

と、皿の上の団子に手を伸ばした。続いて皆がそれぞれ手を伸ばして、団子を一本ずつ取る。

「鬼やらい団子だー」

「鬼は外、福は内、と言ってから食べよう」

亀次郎と郁太郎が口々に言い合っている。

皆が笑顔を浮かべている中、健三だけは子供たちのはしゃいだ声をよそに、

「俺なんかが、中に入れていただいてよかったんでしょうかね」

と、身を縮めるようにして座っている。

「おたくはこうして、うちへ入ったじゃないかね」

市兵衛が皿の団子を一本取って、それを健三に持たせながら言った。

団子を受け取りはしたものの、市兵衛の言葉の意味が分からないという表情を、健三は浮かべている。その健三へにっこりと笑いかけながら、市兵衛は言った。

「『福は内』ってことですよ」

ここにいる者はみんな、うちの福の神だね――市兵衛のしみじみと呟く声を聞きながら、なつめは串刺しの鬼やらい団子を一つ、口に入れた。

黄な粉の風味が甘い砂糖と絡まり、もっちりした食感の団子とよく合っている。ぱさぱさした黄な粉はつるりとした食感の団子より、ねっとりした食感の方が相性がいい。

（できるだけ安倍川餅の食感に近くなるように、団子に工夫をしてるんだわ）

さすがは辰五郎さんだと思いながら、なつめは団子を嚙み締める。

明日からは新しい年。今年は多くの新しい物事や人と出会った。

一生進んで行こうという道も見つけた。そして、そんな自分をほんの少し誇らしく思えるようにもなった。

（来年は、この道を一歩でも先へ進んで、少しでも近付けるなら――）

そう思いながら、なつめはそっと久兵衛を見つめ、辰五郎を見つめる。

その耳に、声をそろえて「鬼は外、福は内」と言う郁太郎と亀次郎の声がにぎやかに飛び込んできた。

# 第二話　うぐいす餅

## 一

元禄三（一六九〇）年正月の朝。

照月堂への挨拶は三日に出向くことになっていて、一日と二日は大休庵でゆっくりと過ごせる。

なつめにも了然尼にも、挨拶《あいさつ》に行ったり来たりするような親戚は江戸におらず、飯炊きと雑用をこなしてくれる正吉《まさきち》とお稲の夫婦も特に出かける用向きはないという。

了然尼の弟子たちにも、挨拶は三日以降にしてほしいと頼んでいるので、大休庵の正月は、いつもの四人で静かに過ごすのが恒例となっていた。

「明けましておめでとうございます」

了然尼の前に出て、なつめが挨拶すると、

「ほんに、おめでとうさんどす」

了然尼の物柔らかな声が返ってきた。口もとに湛《たた》えられたほんのりとした笑みは、いつもと特に変わってはいないはずなのだが、正月の今日は弁天さまのように見える。

「今年もどうぞよろしくお導きくださいませ」

頭を下げて言うなつめに、了然尼はそっとうなずいた。

「なつめはん」

了然尼がふと声の調子を変えて、なつめを呼んだ。

「今年で十六におなりどしたなあ」

「はい」

「毎日を一緒に過ごしてると、つい目を留めることもないまま、日が経《た》っていってしまうもんどすが、十六といえば、もう立派な大人どす」

「……はい」

日々の言動で何らかの注意を受けるのか、それとも、大人としての立ち居振る舞いの心得を告げられるのか。いずれにしても、なつめがわずかに頬《ほお》を緊張させると、

「ほな、今年はこれをお召しなはれ」

了然尼はそう言うと、一度立ち上がって襖《ふすま》を開け、奥の部屋へいったん姿を消した。

ややあってから戻ってきた了然尼の手には、着物を包んだ畳紙《たとうがみ》がのせられていた。

召せと言う以上、着物だろうとは思ったが、自分が着るような着物が了然尼の手もとに

置いてあったのだろうか。

なつめは思わず、自らの姿を顧《かえり》みた。

了然尼が出家者であるため、大休庵ではあえて正月に着飾るような習慣はない。こちらへ引き取られてからのなつめも、正月用の着物など誂《あつら》えてもらったことはなかった。

着物は清潔に、美しく着こなしてさえいればいいのであり、贅沢《ぜいたく》な生地でこしらえる必要はない――了然尼があえてそう口にするわけではなかったが、そうした心の持ちようをなつめも受け継いでいる。

だから、武家の子女として過ごした幼少期は、絹物の華やかな着物を着ていたにもかかわらず、今は麻や紬《つむぎ》、木綿《もめん》を着ていたし、それを特に嘆かわしく思うこともなかった。大店《おおだな》の娘であるしのぶが華やかな格好をしているのを見て、きれいだと思うことはあっても、格別うらやましいと思うこともない。

「了然尼さま、これは――?」

膝の前に置かれた畳紙に手をつけることもなく、なつめは了然尼に訊《き》き返した。

「絹物の小袖《こそで》どす。ふだんは着るわけにいかへんやろけど、正月だけはこれをお召しなはれ」

了然尼は優しい声で告げる。

「ですが、了然尼さまはご出家の御身でいらっしゃいますのに……」

なつめが困惑した表情で言うのに対し、了然尼はゆっくりと首を横に振った。

「わたくしはわたくし。なつめはんとわたくしは違います。せやけど、わたくしはなつめはんに、贅沢をせよと申しているわけやあらしまへん」

「ですが、絹物の小袖は、今の私には贅沢と思われますが……」

「これはなあ。なつめはんのお母上のお形見や」

「えっ……」

「亡うならはった時の火事は大火事ではなかったさかい、焼け残って無事なものも多かったそうや」

　ほとんどの品は、後始末をつけた親戚が処分したり持ち去ったりしたらしいが、

「わたくしも一つだけ、お母上――千鶴《ちづる》殿のお形見を分けていただいたんどす」

　と、了然尼は静かな声で告げた。

「そうだったのですか」

「お形見を分けていただいたと言うても、もちろん、いずれなつめはんに譲るつもりで、わたくしには必要のない小袖を頂戴したのや」

　いざ、こうして目の前に、母の形見という品を置かれると、なつめは懐かしさを覚える一方で、何となく空恐ろしい思いも抱いていた。形ある品に手を触れることで、どこか夢のようでもあった両親の死を、眼前に突きつけられてしまうような恐ろしさ。

（そんな私の気持ちを察して、了然尼さまは母上の形見のことをずっと黙っておられたのかもしれない）

そして、十六歳になった今なら、なつめがもうしっかりとそれを受け止められる——了然尼はそう思って、この着物を持ち出してきたのではないか。

「中身を見てみなはれ」

了然尼から勧められ、なつめは自分の中にあった戸惑いを振り払った。

(私がもう大丈夫だと、了然尼さまは考えてくださっている)

そして、了然尼がそう考えてくれるのなら、自分は大丈夫だと、なつめは自分を信じることができた。

「お心づかい、ありがたく存じます」

そう答え、膝を少し進めて、畳紙の紐《ひも》をほどいた。それから、ゆっくりと着物を包んでいた紙を開いていく。

(これは……)

白地に梅と鶯《うぐいす》の華やかな絵柄——。いや、その時、なつめの目に入ったのは、梅の枝の一部だけだったのだが、それを見るなり、着物全体の絵柄がそれを着た母の立ち姿と共に浮かんできたのだった。

(これは、母上がお正月に着ておられた小袖——)

間違いない。今の今まで忘れていたが、いつもよりずっと華やかに見える母の姿が、とても誇らしく思えたものだ。

——母上、母上。

と、その後をついて回った幼い自分の声までがよみがえるような気がした。

「さあ、手に取って、広げてみなはれ」

さらに了然尼から勧められ、なつめは小袖に手を伸ばした。

痛いほどの懐かしさと母への思慕が込み上げてくる。亡き母が自分のそばに帰って来てくれたような心地さえ覚える。

なつめは小袖の左右の襟《えり》を手に取り、それをさっと広げた。

思った通り、梅の枝に止まった鶯が一羽、飛んでいる鶯が一羽描かれた春らしい、優美な絵柄であった。

「梅も鶯も春を知らせてくれるものやさかい、まさに正月の今日、着るのにふさわしい着物どすなあ」

了然尼が微笑《ほほえ》みながら言い、それからなつめの顔をじっと見つめつつ、一首の歌を口ずさんだ。


あらたまの年たちかへるあしたより　待たるるものは鶯のこゑ

「新春を迎え、鶯の初鳴きを待つ心を詠《よ》んだお歌ですね」

なつめの言葉に、了然尼はうなずいた。

「『古今和歌集』の素性《そせい》法師のお歌どす。ほんに、大休庵でも鶯の声が待たれること。せやけど、なつめはんにだけは一足早く、鶯の声が聞こえたのではないですやろか」

「はい。おっしゃる通りです」

なつめは母の形見を抱き締めるようにしながら、そっと目を閉じて答えた。

「ほな、さっそく着替えてきなはれ。そして、その姿でいつものように、棗《なつめ》の木の前でお父上とお母上とお話をしはったらええ」

「おっしゃる通りにいたします」

なつめは躊躇《ためら》うことなく、了然尼の言葉に従い、うなずいた。母の小袖をきちんと畳み直し、再び畳紙に包み直すと、了然尼の前に手をついて頭を下げ、着物を持って自分の部屋に下がった。


（父上、母上――）

なつめは大休庵の庭に植えられた棗の木の前で手を合わせていた。

（なつめは今年で十六になりました。もうこうして、母上のお着物にも袖を通せるように――）

目を細めて微笑む父と母の顔が脳裡《のうり》に浮かんできた。

あの日、火事が起きなければ、京の屋敷で父と母に見守られながら、温かい正月を迎えることができたのかもしれない。その風景の中には、きっと凜々《りり》しい侍になった兄慶一郎《けいいちろう》もいたはずである。それを思うと、胸が痛んだ。

（兄上は生きておられるはずです。今頃、どこでどんなお正月を迎えておられることでしょう）

どうか兄上をお守りくださいませ――なつめは息を止めて、懸命に祈った。

（そして、いつか兄上と再び会えるよう、お計らいください）

どこに暮らしているのか、何の手がかりもない。なつめが江戸に出て来たことを、兄が知っているのかどうかも定かではない。いや、そもそも兄がなつめとの再会を願ってくれるかどうか。もしかしたら、兄の方は二度となつめの前には姿を現すまいと思い決めているかもしれないのだ。

兄が何らかの秘密を抱えていることは確かである。

その秘密が両親の死に関わっていることも――。

（でも、それがどんなものであっても、私は知りたいと思うし、兄上にはもう一度お会いしたい）

兄と一緒に思い出の菓子である最中の月を食べたい。その最中の月を自分の手で作りたい。そして、できるなら兄と父母の墓へ参り、その墓前に最中の月をお供えしたい。

（それが、今の私の願いなのです）

なつめはそう胸の中で呟《つぶや》いて、それまで閉じていた目をそっと開けた。

（父上、母上。私は去年、菓子を作る修業を始めました。今では、まだ完璧なものではありませんが、最中の月を作ることができるようにもなりました。これからも精進してまい

ります)

ですからどうか――胸の前で合わせる両手に力をこめて、なつめは再び目を閉じた。

(いつの日にか、兄上と一緒に、最中の月を食べられますように)

そのためには、菓子の道を己の道と見定め、しっかりと進んでいかなくては――。

(私の道がどんなものか、まだ確《しか》とは分かりかねます。が、誇り高い職人である旦那さんのことも、何にも屈せず菓子を作り続ける辰五郎さんのことも、尊敬しています。私もいつか、あの二人のように、食べる人の心に届く菓子を作れるようになりたいのです)

どうかお見守りください――胸の中で唱えながら一礼し、ゆっくりと目を開ける。

棗の木をじっと見据えながら、大きく深呼吸した。

春になり、この木もやがて葉をつけ、黄白色の花を咲かせ、暗赤色の実をつけてくれるだろう。滋養のあるその実は人の体を助け、久兵衛のような優れた菓子職人の手にかかれば、見事な菓子の材料にもなる。

(私もいつか、自分の手で棗の実を使ったお菓子を作ってみたい)

そう思いながら、なつめは中へ戻ろうと振り返った。

すると、いつの間に来ていたのか、庭に面した縁側に了然尼が立ち、その傍らには正吉とお稲夫婦が膝をついて寄り添っている。

「了然尼さま」

なつめは縁側に向けて歩き出した。

「ご挨拶は終わったんどすか」

なつめが目の前まで来るのを待ち、了然尼が優しく尋ねた。

「はい」

なつめが返事をすると、そのすぐ後、鼻をすする音が小さく聞こえた。そちらへ目を向ければ、お稲が袖を目に当てている。

「お稲さんったら、どうしたというの」

「はあ。なつめさまが晴れの衣装をお召しになったお姿を見ていたら、つい――」

お稲はしゃべりながらいっそう感動が込み上げてきたのか、もう一度鼻をすすった。

「正月から泣く奴があるか。縁起でもねえ」

と、お稲を叱りつけた正吉は、なつめに目を戻すと、

「それにしても――」

と、まぶしそうに目を細めて感慨深い声を出す。

「こうしてご立派になられたお姿を見ておりますと、ここへ来られたばかりの頃のお小さかったなつめさまが思い出されて……」

そこまで言って声をつまらせた正吉は、鼻をすすった。

「お前さんだって、あたしと同じじゃないか」

お稲がすかさず文句を言い、正吉がそれに「うるせえ」と涙声で応酬する。

「まあまあ」

了然尼が二人の間に割って入った。

「二人とも、なつめはんを小さい時から知ってるさかい、こうして大人にならはった姿に胸がいっぱいなんや。わたくしも、それから、なつめはんのお父上とお母上も同じですやろ」

了然尼の眼差《まなざ》しがふっと空の方へと向けられる。

なつめもつられたように空を見上げた。

正月の空は気持ちよく晴れ渡り、白い雲がうっすらと棚引いていた。

二

正月の一日と二日を大休庵でゆっくり過ごしたなつめは、三日にはふだん着る小袖姿になって、照月堂へ挨拶に出かけた。

「今日はお仕事ではないんですから、お母君の形見の小袖をお召しになってお出かけになればよろしいのに。皆、なつめさまのおきれいな姿に吃驚《びっくり》するでしょうよ」

お稲は衣桁《ころもかけ》にかけられた小袖に目をやり、残念そうに言う。

「勤め口に、あんな着物を着ていくわけにはいかないわ」

「でも、今日は皆さんと戸田さまのお宅へご挨拶に行かれるんでしょう?」

戸田さまだって、あのなつめさまのお姿を御覧になったらさぞお喜びになったでしょうに……と、お稲は溜息混《ためいき》じりに続けた。

そう言われると、なつめも少し残念に思う。母の晴れ着を着た自分を前にして、喜んでくれる露寒軒の顔を見たい、という気持ちがないわけではなかった。

だが、今日の挨拶は、なつめ個人として行くのではなく、照月堂の一人として行くのである。それには、母の形見の着物は派手すぎるし、ふさわしくないと思う。成長ぶりを見せるのに、着飾った姿である必要もないはずだ。

（戸田のおじさまには、菓子職人として成長した私の姿をお見せしたい）

そう思うと、なつめは晴れ晴れとした気持ちになった。

「母上のお形見の着物は、母上がそうなさっていたように、お正月にだけ着ることにするわ。また来年のために、お手入れをお願いします」

お稲に頼み、なつめも衣桁の着物に目をやった。

「はい。お任せくださいませ。ちゃんと手入れしてしまっておきますので」

梅の木の枝に止まった鶯と飛んでいるもう一羽の鶯――現実の梅と鶯に出会うのはこれからだが、この小袖の梅と鶯とはまたしばらくお別れとなる。

（母上、それに、了然尼さま。私のためにこの着物を残してくださって、ありがとうございました。来年のお正月、また着させてもらいます）

なつめは心の中で母と了然尼に礼を言い、それから仕度を整えると、照月堂へ挨拶に向かった。

店を開けるのは明日四日からである。なつめがいつものように、裏の庭に通じる枝折戸《しおりど》を開けると、庭に市兵衛とおまさ、それに郁太郎と亀次郎がいた。

「あ、なつめさん」

おまさが気づいて明るい声を上げる。

「大旦那さん、おかみさん、それに坊ちゃんたち。今年もよろしくお願い申します」

なつめは頭を下げて挨拶した。

「こちらこそ、なつめさん。よろしくお願いしますよ」

「去年はなつめさんがうちに来てくれるようになって、本当に助かったわ。今年も子供たちともども、よろしくお願いしますね」

市兵衛とおまさがそれぞれ言葉を返すと、それに続けて、郁太郎が礼儀正しく頭を下げ、

「なつめお姉さん、明けましておめでとうございます」

と、きちんと挨拶した。

「なつめちゃん、おめでとうございます！」

兄に続けて、亀次郎が大きな声を張り上げて言う。

おまさからは「なつめお姉さん」と呼ぶように言われていたが、それを守っているのは郁太郎だけで、亀次郎はすぐに「なつめちゃん」に戻ってしまう。最近はおまさも慣れてしまったのか、半分見逃しているようだ。

「おめでとうございます。今年は二人とも寺子屋へ行くのですから、先生のおっしゃるこ

とをよく聞いて、うんと賢くなってくださいね」

なつめが言うと、郁太郎は素直に「はい」と答えたが、亀次郎は、

「えー、なつめちゃんに教えてもらうのがいい」

と、駄々をこねている。大晦日《おおみそか》には寺子屋の話に心を惹《ひ》かれていたはずだが……と、なつめはおかしくなった。

兄の郁太郎はとにかくしっかり者で、まっすぐな性情を持ち、幼いながら周りの者の信頼を集めている。

弟の亀次郎は甘えん坊だが、人好きがして愛嬌《あいきよう》があり、きっと誰からも好かれるだろう。

この二人の子守をすることから、照月堂とのご縁ができたのだなと思うと感慨深い。

「あの……旦那さんは——？」

その場にいるはずなのに姿の見えない久兵衛の所在を尋ねながらも、なつめの目は自然と厨房《ちゆうぼう》の方へ流れていた。

窓から湯気が漂っているのが分かる。それに、庭に入った時から鼻先をくすぐる甘いにおい。

久兵衛はもう今日から、厨房で菓子作りを始めているのだろう。

とすれば、その菓子とは——。

「うちの人はね。戸田さまのお屋敷へお持ちするお菓子を包んでいて……」

おまさの言葉に、思った通りだとなつめはうなずいた。

久兵衛が露寒軒に持参する菓子となれば、それは主菓子《おもがし》ということになるだろう。どんな意匠だろうかと想像すると、それだけで楽しくなり、口の中には唾《つば》が溜《た》まってくる。すると、その時、

「なつめが来たか」

という久兵衛の声が、厨房の窓を通して外に聞こえてきた。

「は、はいっ！」

なつめは弾かれたように返事をした。

「なら、すぐに来い。その格好のままでいい」

久兵衛の指示が飛んできた。

「まったく、まだ新年の挨拶だって交わしていないのに、うちの人ときたら……」

おまさがあきれたように呟くのを聞きながら、

「はい。すぐに参ります」

と、なつめは厨房へ向かって叫んでいた。それから、市兵衛とおまさに軽く頭を下げると、小走りで厨房へ駆けていく。

「まあ、どっちもどっちだね」

なつめの後ろ姿を見送りながら、市兵衛がにこにこと呟く。

「職人なんて、あんなもんさ」

「他の何を差し置いても、お菓子——なんですねえ」

おまさが笑いながら応じた時、なつめは戸を開けて厨房に足を踏み入れていた。

「旦那さん、今年もどうぞよろしくお願いいたします」

久兵衛はいつも通りの筒袖《つつそで》姿であったが、まずは師匠にしっかりと頭を下げ、新年の挨拶をした。

「おう」

久兵衛からは一言返事があったが、それはほとんどなつめの耳に入っていなかった。

久兵衛の手もとに置かれた三つの菓子に、目を奪われていたのである。

「旦那さん、それは……」

「戸田さまにお持ちする菓子だ」

「鶯と紅梅、白梅の煉《ね》り切りですね」

なつめはささやかな声で言う。

「ああ。〈春告鳥《はるつげどり》〉に〈春告草《はるつげぐさ》・紅〉と〈春告草・白〉だ」

「それって、大旦那さんの見本帖《みほんちょう》の、春の部にのっていたお菓子ですね」

なつめは去年、見本帖を借りていき、大休庵でそれを写し取った時のことを思い出しながら言った。

春告鳥は鶯の別称、春告草は梅の別称であり、その名をそれぞれ菓銘とした菓子である。

「親父が京で習ったのに工夫を加えた菓子だ。昔は、こういうのも出してみたんだが、日持ちもしない上に、こういうのを求めてる相手との伝手《つて》もなくてな。結局、上生菓子は作れなくなっちまったんだが……」

確かに、春告鳥も春告草も、まさに茶会の席で出すのにふさわしい品格のあるものだ。庶民が気軽に買って食べるようなものではなく、といって、茶会を開く武家が店に来ることもなく、これまでは売れなかったと聞いている。

（こんなすばらしいお菓子が顧みてもらえずにいたなんて！）

なつめは惜しくてならなかった。

こういう菓子を作り出し、それを必要とする客のもとへ届けたいと願う久兵衛の気持ちはよく分かるし、その願いが実現してほしいと思う。

なつめは息を詰めて、三つの菓子を見つめた。

春告鳥は頭を含む体の上の部分は茶褐色で、畳んだ羽には細かい刻みが入れられてある。腹の部分は白色で、尻尾《しっぽ》の先はくるんと上に持ち上がっていて、何ともかわいらしい。

春告草は梅の花をかたどった菓子なのだが、花びらの部分は食べ甲斐《がい》があるようにかなり厚みがある。饅頭《まんじゅう》のように丸い形を初めに作り、そこにへらで五枚の花弁の切れ目が入れてあった。花の中心には黄色い生地がちょこんと置かれ、愛らしさを添えている。

紅と白が並ぶことで、おめでたい感じも伝わってくるし、そこに鶯が加わると、春らしさが一段と極まって、まさに正月にふさわしい取り合わせの菓子である。

「戸田のおじさまもきっとお喜びになるはずです。おじさまは奥深い美しさを解されるお人ですから」

なつめが力をこめて言うと、「そうか」と、久兵衛が喜びと緊張を取り混ぜたような表情を浮かべた。

自らの腕前に自信を持っているはずの久兵衛だが、露寒軒のような一流の文人を相手にすると、気持ちが張り詰めるらしい。

(旦那さんにも、そういうところがあるんだわ)

と、なつめは思いながら、久兵衛が菓子を箱に詰めるのを見つめていた。

ちょうどそれが終わった頃、太助がやって来たらしく、市兵衛やおまさと挨拶を交わしている声が、厨房の外から聞こえてきた。

「俺もすぐに仕度をする。なつめ、お前は戸田さまへのお品を、風呂敷に包んで番頭さんと待っていてくれ」

久兵衛はそう言うと、なつめより先に厨房を出て行った。

なつめはそこに用意されていた風呂敷で菓子の箱を包むと、久兵衛に続いて外へ出た。

「番頭さん、今年もよろしくお願い申します」

なつめが太助の前へ行き、挨拶すると、

「はい、こちらこそ。力を合わせて、照月堂を盛り立てていきましょう。大店からの嫌がらせなんかに負けてられませんからね」

と、太助は年明け早々、気合のこもった挨拶を返してくる。年末に子たい焼きを買い占めていった客が来てから、久兵衛の腕前が世に出る機会が到来した、と張り切っているらしい。

おまさは久兵衛の仕度を手伝うために、仕舞屋《しもたや》へ行ったのか、その場にいなかった。

しばらくすると、久兵衛がおまさを伴って現れた。

厨房の筒袖姿は見慣れているが、小袖に羽織姿はめずらしい。だが、今日は露寒軒宅へ正月の挨拶に行くというので、装いにも気を配ったものだろう。

濃い鼠色《ねずみいろ》の小袖に黒の羽織姿は、堅実な商家の旦那といった感じに見える。いつもよりずっと貫禄《かんろく》が備わっていると、なつめは思った。

「では、行こう」

久兵衛が太助となつめに声をかけた。

「行ってらっしゃい」

おまさと子供たちの声に見送られ、三人は本郷へ向けて歩き出した。

三

戸田露寒軒の屋敷は本郷の梨の木坂にある。

なつめはもちろんのこと、太助も競い合いの後の礼などで足を運んだことはあるが、ふだん菓子作りの厨房に詰め切りの久兵衛は初めての訪問だった。

「これが梨の木なのか」

梨の木坂の命名のもとになった梨の木を見ながら、久兵衛は呟いた。

「はい。秋にはちゃんと実をつけるそうです。おじさまだけでは食べ切れないので、あちこちに配っていらっしゃるとか。大休庵でも頂戴しています」

「梨を使った菓子はあまり聞かねえなあ」

ふと呟いた久兵衛は、太助の方に目を向け、

「番頭さんはどうだ」

と、尋ねた。

「確かに、見聞きしたことはありませんな。そういえば、去年、おかみさんのご実家から蜜柑《みかん》をいただきましたが、それだけでおいしい果物は菓子にするのがなかなか難しいと思ったもんです」

「果物は菓子の原点なんだから、それじゃあ、もったいないんだがな」

と、久兵衛は考え込むように呟いた。

「なつめ、お前も梨のことは心に留めておけ」

久兵衛はそう言うなり、気持ちを切り替え、露寒軒宅の敷地へ入る引き戸をくぐった。

「はい」

と、慌てて返事をし、久兵衛と太助に続いて、なつめも敷地の中へ入る。

石畳を少し進むと、玄関の戸があった。

「失礼いたします、戸田さま。照月堂でございます。年明けのご挨拶に参りました」

と、太助が声を張り上げた。

やや間があってから、人の気配がして戸が開いた。飯炊きか雑用と思われる老年の男が立っており、

「旦那さまはお居間におられます。ただ今、ご案内つかまつります」

と、告げた。皆が草履を脱ぐと、先に立って歩き出した。

廊下を少し進んだ座敷に、露寒軒は座っていた。

三人は向かい合う形で正座し、久兵衛が挨拶の口上を述べる。

「明けましておめでとうございます。昨年は多大な御恩を頂戴し、我ら一同、言葉に尽くせぬほど感謝しております。今年はいっそうの精進をしてまいりますので、どうぞこれからも照月堂をご愛顧《あいこ》のほど、よろしくお願い申し上げます」

「ふむ。昨年は、〈望月のうさぎ〉から〈菊の着せ綿〉、〈たい焼き〉から〈子たい焼き〉まで、さまざまな菓子を楽しませてもらった。今年はまた、新たな菓子に出会えることを楽しみにしておる」

露寒軒は重々しい口ぶりで告げた。

「ありがとう存じます。陶々斎《とうとうさい》さまにもその節はお世話になりましたが、その後はとんとご無沙汰《ぶさた》しております。どうぞよろしくお伝えくださいませ」

「ふむふむ。あれも、その方の店の味が気に入っていたゆえ、また改めて邪魔する時もあろう。ただ、菓子好きなだけでなく、旅好きでもあってな。役職にも就《つ》いておらぬのをよ

いことに、ふらっと出かけて行ってしまうことがある。わしも競い合い以降、姿を見ないが、はてさて、今は江戸におるのかどうか」

まあ、顔を合わせた時に申し伝えておこう――と、露寒軒は続けた。

久兵衛は挨拶が終わると、なつめに持たせてきた風呂敷包みの菓子を差し出した。

「私の作りました菓子でございます。季節のものをそろえましたので、どうぞ、後ほどお召し上がりください」

露寒軒は興味をそそられたらしく、中を検《あらた》めてもよいかと尋ねた。久兵衛が「どうぞ」と勧めると、風呂敷包みを引き寄せ、結び目をほどいていく。

箱のふたを開けた瞬間の露寒軒の顔を、なつめはひそかに見守った。

紅梅と白梅と鶯のそれぞれの色を目にした露寒軒の顔は、おっというように変化を遂げた。それから、ううむという声を上げ、箱の持ち方を変えたりしながら、中の菓子をのぞき込むようにしている。

「ふむふむ、なかなかめでたさのつまった菓子のようじゃ」

露寒軒の口もとはほころんでいた。

「鶯の煉り切りが〈春告鳥〉、梅の煉り切りは〈春告草〉と申します」

「さようか。菓銘も悪くない」

そんな話をしている時、先ほどの老人が人数分の茶を運んできた。

茶を飲み終えたら帰るつもりだった三人に、露寒軒が別の話を切り出したのは、誰もが茶に口をつけた頃であった。

「ところで、一つ気になっておることがある」

と、露寒軒はそれまでとは打って変わったようなしかめ面で言った。

「例の〈親子たい焼き〉の件じゃ」

大きなたい焼きを辰巳屋で〈親たい焼き〉として売り、皮の柔らかい小さなたい焼きを照月堂で〈子たい焼き〉として売る――久兵衛がその提案を持ち出したその現場に、露寒軒はいた。その後も、よく売れるようにと歌まで作ってくれたのだから、親子たい焼きと露寒軒との関係は深い。

露寒軒が売れ行きを気にするのは当たり前だが、氷川屋の屋台売りの件について、露寒軒が知っているかどうかは不明であった。耳に入っていないのであれば、何も正月から不快な話を聞かせるまでもないということで、またの機会に改めてということにしよう――照月堂ではそう申し合わせていたのだった。

「実は、わし自身が目にしたわけではないのだが、おかしなことが耳に入ってな」

と、露寒軒はおもむろに言った。

「ただ今、茶を運んできた老人が、兼康の通りへ出て不思議なるものを見たと申す。それが、何と、あのたい焼きを売る屋台が出ているというのじゃ。あの近くに店を持つ辰巳屋のはずがない。といって、照月堂は子たい焼きに切り替え、親たい焼きは売らぬと言うた。では、何者があのたい焼きを屋台で売りさばいておるのか」

露寒軒がいったん口を閉じても久兵衛が押し黙っているので、太助もなつめも口を挟まないでいる。

そこで、露寒軒が改まった様子で、おもむろに口を開いた。

「先の老人が屋台で売っている者に尋ねてまいった。すると、上野の氷川屋と申したそうな。あの、氷川屋、じゃぞ」

氷川屋——というところに力をこめて、露寒軒は言った。

それから、久兵衛をじっと見据えた。

「この話、照月堂の主《あるじ》も知っておったのじゃな」

「はい。昨年の末に聞かされ、事実も確かめました。戸田さまのお話の通りで間違いございません」

久兵衛ははっきりとした口ぶりで答えた。

「わしは辰巳屋の主人にはその後、会うておらぬ。ゆえに、辰巳屋がどうなっておるのかは知らぬ。ただ、照月堂より甚大《じんだい》な損害を被ったであろうことは、想像がつく」

「まことに仰《おお》せの通りでございます。辰巳屋の主人辰五郎が、氷川屋より謂《いわ》れのない仕打ちを仕掛けられましたことに、私どもも胸を痛めておりましたところ」

「辰巳屋はいかなる状態なのか。わしとて双方の店と因縁があるゆえ、包み隠さずに申すがよい」

「すべては菓子屋同士のことでございますので、戸田さまがお心を煩《わずら》わせるような話ではとは言ったものの、露寒軒の強い要請に逆らうことはできず、久兵衛は語り出した。

辰巳屋は客を取られ、これまで通りの商《あきな》いを続けるのは難しいと、主人の辰五郎が判断したこと。その上で、まずは団子を主として、茶屋などへの仕出しを中心に再起を図ること。その団子は、これまでの茶屋で出していたようなものにしぼらず、目新しいものを作り出して、辰巳屋の売りにしようと考えていること。

大晦日に辰五郎がやって来て語ったことをありのままに告げると、

「辰巳屋の主人はなかなかに骨のある男のようじゃな」

露寒軒が少し感じ入ったような声で呟いた。

「私もそう思いました。辛抱の利く男だと知ってはいたのですが、ここまでとは……」

「さようか。わしはこの話を聞き、このまま捨て置くわけにはまいらぬと思い、鉄槌《てっつい》を下す方法をあれやこれやと考えておったところじゃ」

「て、鉄槌を下す——？」

久兵衛が裏返ったような声を出した。

「おじさま、『鉄槌を下す』とは、氷川屋さんに対してでございますか」

なつめも驚いて問いただした。

「無論のことじゃ」

露寒軒は顎髭《あごひげ》をいじりながら言った。

「し、しかし、無法なことをしたわけではございませんし……」

太助までもがいつになく困惑気味に口を挟んだ。

「法の問題ではない」

叱りつけるように、露寒軒は言った。

「これは仁義の問題じゃ」

露寒軒は久兵衛と太助、なつめを順繰りに見回しながら、強い口ぶりで告げた。

「照月堂は、たい焼きが売れていたにもかかわらず、大本《おおもと》となる菓子を考え出した辰巳屋への義理を重んじて、たい焼きを売るのをやめた。その傍らで、別の店が横合いからしゃしゃり出てきて、売れ筋の品の猿真似《さるまね》を作り、客を根こそぎ奪っていく。これを非道と呼ばずして、何とする！」

露寒軒はしゃべればしゃべるほど、怒りが増していくようで、次第に大きな声になっていった。

「おじさまは、どんなふうに『鉄槌を下す』お考えなのですか」

なつめが尋ねると、露寒軒はよくぞ訊いたと満足そうにうなずいた。

「相手は客の心の動きというものを、汚いやり方で操ったのじゃ。ならば、同じやり方で痛い目に遭わせるのがよい。つまり、じゃ。昨今、世にはやりたると聞く浮世草子《うきよぞうし》なるものを、わしも書いてみようかと思うてな」

「ええっ。おじさまは歌詠《うたよ》みでいらっしゃるのに……」

なつめが驚いて声を上げるると、さもあろうというように露寒軒はうなずきながら先を続けた。

「無論、歌も取り混ぜて書くつもりじゃ。題はこんなものを考えておった。『世にもおめでたい焼きをめぐる合戦』――どうであろう」

あまりにあからさますぎて、何とも感想を述べようがない。

誰も意見を出さないでいるうち、露寒軒は勝手に続けた。

「実名を出すと、後々厄介になるかもしれぬ。氷川屋は水川屋《みずかわや》、照月堂は字を変えて松の月、辰巳屋は戌亥屋《いぬいや》などとすればよかろう」

「いや、それでも、どこの店の話か、すぐに分かると思いますが……」

太助が口を挟むと、露寒軒は不服そうな表情になり、

「分かるように書くのじゃ。それでよい」

と、言い切った。

確かに、露寒軒が書いた浮世草子が評判になれば、氷川屋のしたことが世間に広く知れ渡ることになる。それが本当かどうかなど、読んだ人は確かめようともしないだろう。

今回、氷川屋が屋台売りを始めた時、大店のしていることなら信用できると、そのまま人の話を鵜呑《うの》みにしていた客たちのように――。

そして、今度は氷川屋が持つ大店としての看板以上に、世に名の知れた露寒軒が文章を書くのだ。それを信じない者はいるまい。第一、露寒軒は嘘《うそ》を書くのではなく、真実を書

こうというのだ。

確かに、この試みは成功するかもしれない——と、なつめも思った。

（でも、そうなれば、しのぶさんは……）

ふと、しのぶの顔が浮かんできて、なつめは切なくなった。

もちろん、氷川屋のしたことは許せないし、しのぶもそこは同じ気持ちを抱いていてくれる。しかし、父親が世間から後ろ指をさされ、商いもうまくいかなくなるような追い詰められ方をすれば、それで傷つかないわけがない。

「戸田さま」

その時、久兵衛がしっかりと顔を上げて、改まった様子で切り出した。

「今のお話はまことに妙案と存じました。それをなされば、間違いなく氷川屋は追い込まれるでしょう。しかし、今のところ、辰巳屋の主人は心を折られたわけではありません。これを機に、職人として大きくなれるのであれば、よき試練と考えることができます。戸田さまの鉄槌を下すのは、今でなくともよいのではないでしょうか」

「ふうむ、つまりこのやり方は先に取っておけ、ということか」

「これよりさらに非道な仕打ちを行うことがあれば、その時にこそ」

「なるほど」

と、露寒軒は納得した様子でうなずいた。

「よかろう。照月堂の主がそう言うのであれば、今は受け容《い》れることといたす」

露寒軒は言い、顎鬚から手を放してうなずいた。

「辰巳屋は必ず立ち直るものと存じます。ただ、その邪魔をする者がいれば、今度は私も助けてやりたいと思います。そのためには――」

久兵衛は力のこもった声で語り出したが、その言葉は途中で切れた。露寒軒が納得した様子で先を引き継ぐ。

「その時は、先の浮世草子をわしが書いてやればよかろう」

と、くり返しうなずきながら、露寒軒は言った。

だから、同時に呟いていた久兵衛の言葉を、おそらく露寒軒は聞いていなかっただろう。露寒軒の言葉に意識を向けていたなら、太助の耳にも入らなかったかもしれない。だが、小さな低い呟き声が、なつめには聞こえた。

「力をつけなけりゃいかん。この俺が――」

露寒軒相手にしゃべる時とは言葉遣いが違っていたので、完全に独り言だったのだろう。

(旦那さんが力をつける?)

菓子職人としての力ではあるまい。それは、誰かと競い合うものではなく、己との戦いだと久兵衛は考えているからだ。

ならば、大店としての氷川屋に対抗するだけの力ということだろうか。それがどういうことを意味するのか、なつめには分からなかった。

# 四

翌一月四日は、照月堂の店開きとなる。

「松の内までは、例年通りの〈紅白餅〉と〈紅白饅頭〉。これに、〈望月のうさぎ〉と〈子たい焼き〉でいこう」

露寒軒宅からの帰り道、久兵衛がそう言い出したのに、太助が賛同した。

「おめでたいもの尽くし、というわけですな」

鯛《たい》はおめでたいものの筆頭のようなものだが、今の世は生類《しょうるい》を憐《あわ》れむようにとのお触れにより、金持ちの家でも食べられていないはずだ。

しかし、正月にめでたいものにありつきたいという気持ちは誰にでもあるもので、何といっても「つきを呼ぶ」菓子や「おめでたい」菓子は喜ばれるだろう。

健三の松の木は、仕舞屋の玄関から店前に移し、松の内の間の目印代わりにするということだった。

「子たい焼きはお持たせとして使えますからな。氷川屋が屋台売りのたい焼きで邪魔しようとしたところで、うちの客はそうそうたやすく奪わせやしませんよ」

と、太助は力のこもった声で言った。

「紅白饅頭と子たい焼きにはこし餡《あん》を使う。なつめ、手順は忘れていないだろうな」

久兵衛から問われ、なつめはすぐに、

「大丈夫です」

と答えた。

大晦日から正月にかけては、さすがに大休庵でも菓子作りはしなかったが、餡作りは何よりしっかり学び取ろうと取り組んできたことだ。

豆を潰して皮を取り除くところまでは一人でできる。ただし、その後、漉《こ》した小豆《あずき》を晒《さら》し布に入れて水気を押し出すのは、いつも久兵衛が自ら行っていた。

(腕の力をつけなければ――)

とは思っていたが、毎日やっていれば力は自然とついてくるはずだから、焦るなと久兵衛からは言われている。

次に砂糖を混ぜる工程は味を決める大事なところで、まだ任せてもらったことはない。

「紅白餅は餡入りではないのですか」

なつめが尋ねると、久兵衛がうなずいた。

「ああ。これは餅に砂糖を混ぜ込んで作る餅菓子だ」

「正月だけに売り出す品ですがね」

と、太助が付け加えて言う。

「紅白の菓子の売り上げが落ちてきたら、松の内でも照月堂饅頭を売り出しましょう」

太助の意見に、久兵衛が「そうだな」とうなずいた。

「望月のうさぎに子たい焼き、照月堂饅頭、季節を問わずに出る菓子が三つ、そろい踏みってところか」

「羊羹《ようかん》は違うのですか」

　というなつめの問いに、太助が答えた。

「羊羹もそれなりに出る品ですが、これは季節ごとに種類を変えますからね。冬は水羊羹、秋は栗《くり》羊羹という具合に。春は白いんげんに薄紅色で色づけした桜羊羹なんかも作っていただきましたなあ」

　ならば、もう少ししたら、その桜羊羹を目にすることもできるのだと、なつめはわくわくした。

「それにしても」

　と、太助が改まった口ぶりになって続ける。

「季節問わずの要《かなめ》として、照月堂饅頭、望月のうさぎに、子たい焼きが加わったのはありがたい。おめでたい時には無論、そうでない時も食べていただきたい菓子ですからな。去年の暮れ、店に出ているだけの子たい焼きをすべて買って行った例の、俳諧《はいかい》の先生もいることですし」

「ああ。またお見えになるといいがな」

　という久兵衛の言葉に、「お見えになりますとも」と太助が請け合った。

「あの味わいがお気に召さないはずがありませんし、何といっても、あちらが求める要望にぴったり合った菓子だったのですからね」

次にお見えになった時には旦那さんにお声をかけましょう——と、太助は言った。

そんな話を交わして迎えた、新年の店開き当日。

「今年からは、子たい焼きの餡は小粒の小豆で作ることにする」

久兵衛はまずそう告げた。他の菓子のこし餡は前から小粒のものを使っているが、子たい焼きは久兵衛のこだわりで大納言《だいなごん》を使っていたはずだ。大納言は値も張るから、やはり採算が取れないからだろうかと、なつめが心の中で思っていると、久兵衛がさらに続けた。

「もともと、親たい焼きは中納言のつぶ餡を使っていたが、大納言を使えばもっとうまくなると、俺は思っていたんだ。それで、子たい焼きでは大納言を使ってみたが、つぶ餡かこし餡かっていえば、やっぱり柔らかい生地にはこし餡の方が合う」

大納言は他の小豆より甘みが多く光沢もある。こし餡にすると、小粒の小豆より滑らかさで劣《おと》るが、もともと親たい焼きのつぶ餡に慣れた客には、その方が合うかもしれないと思って試してみたという。

結果として、よい評判を得たのだから、成功と言えるはずだが、

「やはり、こし餡は滑らかな舌触りを好む人が多いと思ってな」

年末年始の間に考え抜いた末、子たい焼きのこし餡も小粒の小豆で作ることにしたと、久兵衛は告げた。

（大納言は中納言や少納言と呼ばれる小豆より、大粒で値も張り、ついでに味も優れてい

るとばかり思っていたのだけれど……）

使い方によっては、中納言や少納言の方が適していることもあるのだ。なつめはこの時、初めてそのことを知った。

（旦那さんはそういうことを考えながら、常にいろいろと試していらっしゃるんだわ）

さらに、売れ行きがよかったからといって、それに安住しないのがすごいところだと思う。

年明け早々、なつめは久兵衛への尊敬の念を改めて確かなものとした。

そうして、久兵衛の指示に従いながら、こし餡作りが始まった。他にも、紅白餅を丸める久兵衛の手つきを観察したり、子たい焼きの焼き上がりを確認したり、その日一日、なつめは忙しく過ごした。

売れ行きについては、太助の話によれば、紅白餅と紅白饅頭は例年通りで、望月のうさぎと子たい焼きがよく売れているという。

「望月のうさぎが売れたら職人にって約束だったが、本当に売れるようになったな」

久兵衛が口もとに笑みを刻みながら言った。

「そういえば、なつめさんが初めてつけた菓銘でしたな」

太助も思い返すような顔つきになって言う。

なつめも思わず笑顔になった。

「職人の修業を始めさせていただくのと、順序が逆になって気にかかっていたのですが、ちゃんと売れていると聞けて、本当に嬉《うれ》しいです。たい焼きが後押ししてくれたこともあると思います」

めでたい菓子という形で評判になったのも大きかった。露寒軒の歌も効いているだろう。正月から嬉しい話が聞けた。また、今年に入ってからは、健三から聞いてやって来たという客もけっこうおり、紅白餅や紅白饅頭を買い求めに来た客が、望月のうさぎや子たい焼きを見て気に入り、そちらに替えるということもあったそうだ。

そして――。

太助が待ちわびていた、例の俳諧をするという客が再び現れたのは、健三の松を片付けた一月八日のことであった。前回二人いた客のうち、四十路《よそじ》ほどの男が一人でやって来たという。

太助からの知らせで、久兵衛が挨拶に出向いた。

なつめは作業の手を止めるなという久兵衛の指図で、客の前には出なかった。

子供たちが寺子屋へ行くようになって、手の空いたおまさが茶と子たい焼きを運んだのだが、

「お客さまはいかがでしたか」

厨房へ戻ってきた久兵衛に尋ねると、

「……ああ」

と、どこか上の空のような様子である。すぐに我に返って、

「まあ、子たい焼きをお気に召してくださったそうだ」

　と、続けたものの、それ以上、客についてあれこれ話すでもない。

（もしかして、たやすく素性を明かせないようなお方だったのかしら）

　久兵衛が語らぬ以上、尋ねるわけにもいかず、その客の一件は終わったものと思われた。

「十六日は藪《やぶ》入りだったな」

　久兵衛が急に言い出したのは、その日の店が終わり、仕舞屋で太助と顔を合わせた時であった。

「その日は店を閉めよう」

　と続けて言う。

　藪入りの日は奉公人に休暇を与え、実家に帰らせるものだが、今の照月堂には住み込みの奉公人はいない。

　この日は、実家に帰って来た子供たちを連れて、親が遊びに出かけることも多い。菓子屋へ来る客も多いだろうし、別に店を閉めなくてもいいのではないかとなつめが言うと、

「いや、世間の皆が休んでいるんだ。番頭さんもお前も休みを取れ」

　と、久兵衛は言った。

　親子連れの客を呼べるせっかくの機会ですよ――ふだんならそんなことを言い出しそうな太助も、この時はなぜか、言い返さない。

「それでしたら遠慮なく、休ませていただきます」

などと、言っている。何となくおかしな気がしたが、

「お前も氷川屋のお嬢さんとどこかへ出かけたらいいじゃねえか。屋台の件では心配してるかもしれねえから、あまり気を揉《も》むなと伝えて差し上げたらいい」

久兵衛からそう言われると、なつめもその気になった。

（しのぶさんとお菓子屋めぐりをする約束もまだ果たしていないし、藪入りの日でも、親子連れを見込んだお菓子屋さんがどこかやっているはずだわ）

浅草の方はにぎわうのではないか。

「それでしたら、しのぶさんをお誘いしてみます」

その話をしに氷川屋を訪ねる時も必要だろう、明日は半刻（一時間）ほど早く上がってもいいぞ――と、わざわざそんなことにまで久兵衛は気を回してくれた。

それで翌日、なつめは少し早く店を出て、氷川屋へ足を運んだ。しのぶを呼んでもらうには、店の手代《てだい》か小僧に尋ねるしかない。

氷川屋が辰五郎へした仕打ちを思うと腹が立つが、氷川屋が春先に出す菓子にはつい目がいってしまう。

（黄な粉をまぶした〈うぐいす餅〉があるわ）

久兵衛が作った主菓子の〈春告鳥〉とは違った味わいが楽しめそうである。なつめはそれを二つ買い求め、しのぶを呼んでもらった。

しのぶはすぐに現れ、なつめを送っていくと店の者に言い置くと、一緒に外へ出た。大

通りから氷川屋の厨房のある庭に面した小道に入ったところで、二人は足を止める。

改めて新年の挨拶を交わした後、しのぶはわざわざ足を運んでくれて申し訳ないと続けた。

「それに、うちの菓子まで買っていただいて……」

「お菓子をいただくのは、私の楽しみですから」

「でも、うちの店はあんな仕打ちを……」

しのぶはまだ浮かない顔つきで言う。

「氷川屋さんのことと、私たちが友であることは別ものです。それに、辰五郎さんはちゃんと頑張ってますから」

辰五郎が団子の仕出し屋として再出発するつもりだという話を、しのぶは熱心な様子で聞いた。

「とにかく、あまり気を揉まないようにって、照月堂の旦那さんも言っていました」

そう締めくくったなつめは、十六日に休暇をもらったので、その日に浅草の菓子屋めぐりをするのはどうだろうと、続けて持ちかけた。

「えっ、本当に――？」

しのぶの表情がようやく明るいものとなる。

「それじゃあ、今日、うちのお菓子を買ってくださったお礼に、その日は私にご馳走《ちそう》させてください」

その言葉に、なつめがうなずくと、しのぶはほっと安心したように微笑んだ。

「今日は何を買ってくださったのですか」

「うぐいす餅です。大休庵で了然尼さまと頂戴しますね」

「そうでしたか。うぐいす餅という菓銘は豊臣秀吉公《とよとみひでよし》がつけられたのだとか」

しのぶの話に、なつめは目を見開いた。

「太閤《たいこう》さんが――？　それは知りませんでした」

「奈良の菊屋という菓子屋で作られたものだそうです。当の菊屋では、豊臣氏が滅んでから〈うぐいす餅〉という名は使わず、〈御城之口餅《おしろのくちもち》〉というのですって。でも、後から真似した他の店はそんなことを気にせず、〈うぐいす餅〉と呼んでいるんだとか」

徳川家のお膝元である江戸の菓子屋が、秀吉のつけた菓銘を平気で使っているというのも面白い。

こうして聞けば、どの菓子にも初めてそれを作った菓子屋があり、売れ筋であればそれが他の店でも作られ、定まった菓銘となっていくことが分かる。ならば、たい焼きを真似されたこと自体、とやかく言うのは違っているのかもしれない。もちろん、わざと辰巳屋の近くで売ったことと、あからさまに辰巳屋の客を奪ったことは許せないが……。

「しのぶさんはやっぱり物知りね。しのぶさんとお菓子屋さんめぐりをするのが楽しみだわ」

なつめは笑顔で言い、それから二人は当日の待ち合わせ場所について相談した。

駒込で暮らすなつめが浅草へ行くには、上野が通り道になる。

「私が氷川屋さんへお迎えに伺ってもいいですけれど、よろしければ忍岡《しのぶがおか》神社にしませんか」

なつめが言うと、「それがいいわ」としのぶは浮き立つような声で答えた。

朝四つ（午前十時）頃に忍岡神社で――と約束した二人は、その日はそこで別れた。

## 五

それから数日後の一月十六日は、よく晴れた好日であった。

奉公先から帰って来た子供を連れた人々で、江戸の町はにぎわうことだろう。

しのぶより先に忍岡神社に到着したなつめは、見慣れた朱の鳥居を潜り抜け、先にお参りを済ませた。

（新年のご挨拶を申し上げます。昨年はたくさんのすばらしいご縁を頂戴し、ありがとうございました。このご縁が幾久しく続きますよう、お見守りください）

その後、了然尼と兄慶一郎の身が健やかであることを願い、なつめが目を開けた時、後ろから近付いてくる足音が聞こえた。

「なつめさん」

遅れてごめんなさい――と告げたしのぶは、まず神前に手を合わせた。

それから、二人で狐《きつね》の石像に挨拶をし、連れ立って浅草へ向けて歩き出す。

「上野にも菓子屋はたくさんあるんだけれど、私の顔を知っているお店もあるから、浅草の方が楽しめるわ」

しのぶは先日会った時よりも、明るい顔つきをしている。

「今日は藪入りですけれど、氷川屋さんはお店を開いているのですか」

なつめが尋ねると、しのぶはうなずいた。

「小さい小僧さんたちは毎年、お家へ帰しているの。でも、もう一人前の手代さんや職人さんたちはそれなりに年もいっているし、親のいない人もいたりして」

そうした者たちだけで回せる分量に数を減らし、店を開けているのだという。

「今日は、親子連れのお客さんが多く出るでしょう?」

と、しのぶは続けた。家へ帰って来た子供に食べさせるためだけでなく、奉公先へ持たせる分を買い求める親も多いらしい。

住み込みの奉公人のいない照月堂が店を閉めたことを、しのぶも不思議がったが、

「何だか、旦那さんがかたくなにそうおっしゃって……」

としか、なつめも言うことができない。

「うちがたい焼きを屋台で売り出したことが、関わっているのでしょうか」

しのぶは気がかりそうに尋ねた。

しのぶによれば、氷川屋は年が明けてからも変わらず、屋台を出しているという。そし

て、本郷に限らず、それは評判を取り、売り上げを伸ばしているらしい。

「辰巳屋さんのお団子がうまくいくといいのですが……」

「辰五郎さんなら、必ず何とかすると思います。照月堂の旦那さんもそう信じておられますから」

「私に何かできることがあったら、なつめさん、どうか気兼ねすることなく言ってください。もし、父さまが何か企《たくら》んでいるようなことが分かったら、私、ちゃんとなつめさんに知らせますから」

しのぶは真面目《まじめ》な口ぶりで言った。

しのぶにすれば、父親を裏切る行為なわけで、友にそんなことをさせるのは、なつめとしても忍びなく思う。だが、それが照月堂や辰五郎を助けることになるのであれば、断ることもできなかった。

なつめは黙ってうなずき返し、話題を変えた。

「そういえば、先日の〈うぐいす餅〉ですけれど、餡と餅、黄な粉がいい具合に口の中で合わさって、とてもおいしかったです」

「そうですか。私も黄な粉のかかったお菓子は好きなんです。特に作り立ての黄な粉は風味があって格別ですし」

と、しのぶも深刻そうな様子を消して言う。

「じゃあ、今日は黄な粉のお菓子を食べましょうか」

なつめがそう持ちかけると、しのぶは嬉しそうにうなずいた。

「ええ。たぶん、うぐいす餅はうちに限らず、出しているところが多いと思うの。もしかしたら、牡丹餅《ぼたもち》に黄な粉をかけたものを出しているお店もあるかもしれないわ」

そんな話をしながら、二人はやがて浅草に着いた。浅草寺《せんそうじ》にお参りをしようかという話になったが、あまりに人が多いのに閉口し、先にしのぶが知るという近くの店に向かう。

その店には生憎《あいにく》、うぐいす餅はなかったが、わらび餅に黄な粉をまぶしたものが売っていた。

「このわらび餅にしましょう」

食べ歩きをするとなると、あまり一軒の店で買いすぎるわけにはいかない。その店ではわらび餅だけを買い、店を出てすぐに見つけた茶屋へ入って、それを食べた。

「わらび餅はつるんとした食感がいいんだけれど、そのまま食べると、すぐ喉を通っていってしまうでしょう？　でも、黄な粉をつけると餅が舌の上に留まって、じっくり味わうことができるわ」

しのぶのおしゃべりを聞きながら、なつめはわらび餅を口へ運んだ。

照月堂で皆とにぎやかに食べるお菓子も、大休庵の落ち着いた雰囲気の中で了然尼と一緒にいただくお菓子も、もちろん味わい深い。だが、同年輩の友と一緒に食べるお菓子は、それらとは違ったおいしさと楽しさ、それに刺激を与えてくれる。

こうして女友達とお菓子を食べるのも、茶屋へ入るのも初めてだったなつめは、それだけでも気持ちがうきうきした。

「黄な粉だけでもおいしいけれど、一緒に蜜を合わせるのもおいしいですよね」

なつめの言葉に、しのぶが「そうそう」とうなずき返す。

そうしてわらび餅を食べた後、二人は浅草寺から少し離れた静かな通りにある店へ移動した。相模屋《さがみや》というその菓子屋にも、しのぶは前に一度立ち寄ったことがあるという。

「相模屋さんはお店の外に縁台があって、すぐに食べたいお客さんに使わせてくれるの」

というしのぶの言葉の通り、間口二間ほどの小さなその店では、戸口の前だけを空けて、その横に縁台を一つ置いている。二人掛けの小さな縁台だが、幸い座っている客はいなかった。

「いらっしゃい」

中へ入って行くと、威勢のいい女の声がした。手代や小僧はいないのか、おかみが一人で店を切り盛りしている。

「見て、なつめさん。うぐいす餅があるわ」

しのぶがうぐいす餅と書かれた札を指して、華やいだ声を上げた。

蒸籠《せいろ》の前に立てられたうぐいす餅と書かれた札には、横に餅の絵が描かれていて、茶色がかった緑色に色づけされている。

「うちのうぐいす餅は、黄な粉を青大豆から作ってるんですよ。ふつうの黄な粉をまぶしたうぐいす餅より、鳥の鶯の色に近いと思いますよ」

と、おかみが言った。鶯の羽は茶褐色であるから、明るい黄色の黄な粉より、青大豆から作ったというくすんだ色の黄な粉の方が近いかもしれない。

「黄な粉の味も違うのかしら。楽しみね、しのぶさん」

なつめの言葉にうなずいたしのぶは、うぐいす餅を二つ注文し、外の縁台で食べて行きたいと伝えた。

「今の時節はまだ寒いけど、いいのかい？」

と、おかみが尋ねる。縁台を使って客が食べていくのは、気候のよい時期だけなのだろう。

「大丈夫です。今日はとてもよく晴れていますから」

「それじゃあ、とびきり熱い白湯《さゆ》もご馳走するよ。ちょいと待っておくれ」

相模屋のおかみはしのぶから代金を受け取ると、菓子と湯の用意をしに、いったん奥へ入っていった。

「相模屋さんは餅菓子が評判なの」

春はうぐいす餅、草餅、牡丹餅、夏は葛《くず》餅、秋は萩《はぎ》の餅や栗餅、冬は椿《つばき》餅と、季節ごとの餅を売り物にしているのだという。

草餅はまだ出ていなくて、うぐいす餅と牡丹餅が出ていた。牡丹餅にも惹《ひ》かれるけれど今日は食べられそうにないと言い合って、二人は先に外へ出て縁台に腰を下ろした。ほどなくして、おかみが皿にのったうぐいす餅と湯呑《ゆの》み茶碗を運んでくれた。

他に客がいなかったからか、おかみは縁台の端に立って、なつめたちの反応を見守っている。

なつめとしのぶは「いただきます」と言ってから、うぐいす餅を手に取った。

口に入れると、青大豆の甘い風味がふわっと広がり、薄くて柔らかな餅としっかりしたつぶ餡に絡んでいく。

餡は照月堂の方が繊細な味わいだったが、豆の歯ごたえがあり、餅を薄く作っているところからしても、餡が持ち味だということが分かる。

「餡がたっぷり入っていて、おいしいです」

なつめは相模屋のおかみに目を向けて言った。

「青大豆の黄な粉って、ふつうの黄な粉より甘みがあるんですね」

と、しのぶが続けて言った。

「鶯って、黄な粉の色よりずっとくすんだ色をしているから、相模屋さんのうぐいす餅の方が忠実ですね」

相模屋のおかみはしのぶの言葉に、嬉しげな表情を見せたものの、

「まあ、本家本元のうぐいす餅が、黄大豆の黄な粉なのか、青大豆の黄な粉なのかは知らないんですけれどね」

と、笑った。

「本家本元って、奈良の菊屋さんのお話ですね」

「おや、お嬢さん、よく知ってるんだねえ」

と、相模屋のおかみは目を見開いて、しのぶを見た。

「まあ、菊屋の方じゃ、そもそも、うぐいす餅とも言ってないって話だけどねえ。御城の入り口で売ってるからってんで〈御城之口餅〉とか。うぐいす餅っていう方が風情があると思うんだけど……」

「私もそう思います。〈御城之口餅〉じゃ、どんなお菓子か分かりませんもの。でも、本家本元の菊屋さんしか使えない名前っていう意味では、それもいいのかもしれませんね」

なつめはしのぶとおかみの話を聞きながら、菊屋の〈御城之口餅〉という菓銘の由来に初めて納得がいった。

（それなら、照月堂のお餅はさしずめ、〈駒込坂下餅〉ってことになるかしら）

そんなことを考えながら、うぐいす餅を味わっていると、

「奈良の菊屋は秀吉公よりもっと前からある店だから、かれこれ百年以上続く老舗《しにせ》ってことになるんだよねえ。同じキクヤでも、浅草のキクヤは十年かそこらでつぶれちまったけどさあ」

と、不意におかみが言い出した。

「浅草のキクヤさん？」

その話は初めて聞くものだったらしく、しのぶが訊き返した。

「花の『菊』じゃなくて、『喜ぶ』に『久しい』と書いて、喜久屋っていうんだけど、う

ちと同じような小さな店でね。場所もここからそう遠くなかったんだ」

　本来なら競争相手になるところだが、相模屋が早くから餅菓子に品目をしぼったこともあり、そちらの喜久屋では饅頭や煉り切りなどの品目をそろえ、どちらも商いが軌道に乗るようになっていたという。

「だけど、喜久屋さんでは店の主人が職人じゃなくてさ、商いの方だけをやる人だったんだよ」

　相模屋は昔も今も、おかみの夫である店の主が菓子作りを行っているらしい。

「それじゃあ、喜久屋さんでは職人さんを雇っていたんですか」

うぐいす餅を食べ終わったなつめが尋ねると、

「まあ、そういうことになるんだけど……」

と、おかみはそれまでより歯切れの悪い口ぶりで言った。

「雇ってた職人っていうのは、喜久屋の主人の幼馴染《おさななじみ》で大親友だったんだよ。子供の頃、菓子職人になりたいというその友人に、そろばんの得意だった喜久屋の主人が『店の商いなら俺に任せろ』と言って、話が決まったというんだ。喜久屋っていう店は、だからまあ、二人で始めた店といってもいいんだけど、店を出すのに必要な金はそろばんの得意だった喜久屋の主人が出したんだってさ」

　そうするうち、喜久屋の主人も職人もそれぞれ所帯を持つようになったのだが、その頃には喜久屋の菓子は味がいいと評判になっていたのだという。

幼い頃からの友情で結ばれた絆《きずな》に、まさか罅《ひび》の入る日が来るとは、どちらも思っていなかったそうだが……。

「職人の方は、喜久屋の屋台骨をしょってるのは自分だっていう慢心が出始めてたのかもしれないね。売り上げをめぐって、いろいろと言い争いも起きるようになってってたみたいだからね。ある時、喜久屋のおかみさんがあたしにこう言ってたことがある。『相模屋さんは、旦那さんが職人でうらやましいわ』ってさ」

大勢の職人を雇える大店なら別だが、そうでない小商いの場合、店はやはり身内だけでやるに限る、他人さまを交えない方がいい——そんなふうにも言っていたらしい。

「そうこうするうち、その職人が急に喜久屋を出て行っちまったんだよ」

相模屋のおかみはまるで秘密でも打ち明けるかのように、声をひそめて告げた。

「ご自分で店を開いたということですか」

なつめが思わず尋ねると、おかみは首を横に振った。

「いいや、大店の菓子屋に引き抜かれたらしいんだ」

引き抜きという言葉に、なつめがはっとした時、しのぶの緊張した様子が伝わってきた。

「そのお店ってどこだか、ご存じですか」

なつめが続けて尋ねると、

「ええと、店の名前は聞いてなかったけど……」

相模屋のおかみは首をひねっていたものの、

「確か、日本橋にあるお店だったと思うよ。場所を聞いて、たいそうな大店からの話だったんだろうなって思った記憶があるから」

それならば、氷川屋が関わっている話ではない。なつめは思わずほっとしていた。

その後、職人がいなくなって困り果てた喜久屋は、新たな職人を雇って何とか店を続けようとしたのだが、味が落ちたことで客が離れていき、おかみが亡くなった後はもう立ち直れず、つぶれてしまったという。

「喜久屋のご主人がどうなったのかは知らないんだけどねえ。小さな倅《せがれ》もいたはずだけど……」

相模屋のおかみの話はそれで終わったが、しのぶは今までの楽しい気分が沈んでしまったようである。

「ご馳走さまでした。うぐいす餅、おいしかったです」

なつめはおかみにそう言って立ち上がり、しのぶを促した。

「おや、そちらのお嬢さん。何だか具合が悪そうだけど、大丈夫？」

おかみがしのぶの様子に気づいて声をかけてきた。

「……大丈夫です」

しのぶは小さな声で返事をすると、立ち上がった。なつめはその腕を支えるようにしながら、相模屋を後にした。

# 六

それから少しの後、なつめとしのぶは当てもなく歩き続けていた。

昼時ではあったが、菓子を二つも食べていたので空腹なはずもない。途中で心太《ところてん》を食べられる店があったら入ろうと話しながら、何となく二人の足は人込みをそれるように、大川の方へ向かっていく。

「少し川べりを歩いて、お腹を空かしてから、次のお店へ行きましょうか」

なつめが言うと、

「……そうね。わらび餅とうぐいす餅で、お腹もふくらんでますし」

と、しのぶは笑顔を見せるのだが、その表情はどこかぎこちない。

川が見えるところで、どちらからともなく二人は足を止めた。

「しのぶさん、相模屋さんで聞いたお話に、お父さまのことを思い浮かべてしまったのですね」

なつめは思い切って尋ねた。

今日は、できることならこういう話はしたくなかったが、しのぶが気に病んでしまっているのだから、ここはとことん話してしまった方がよい。

「そうなんです」

しのぶはなつめに目を向けると、素直に認めた。

「さっきの喜久屋さんの職人を引き抜いたのは、父さまじゃなかったかもしれないけれど、父さまがやっているのはまさにああいうこと。それで、つぶれたお店だってあるのよね。あの喜久屋さんのように――」

そんなふうに人の恨みを買っているなんて――と、しのぶは沈んだ声で呟いた。

「決めつけてはいけないわよ。しのぶさんのお父さまが職人の引き抜きをしていたって、相手のお店がつぶれたとは限らないもの。そりゃあ、いったんは苦しくなったかもしれないけれど、それを機に立ち直ったお店だってあるかもしれないじゃありませんか」

「そうだとしたって、父さまが恨まれているのは確かだわ。なつめさんだって、辰巳屋さんがやり直せなければ、氷川屋を許せないでしょう？　いいえ、今だって――」

しのぶは声を高くしたことに気づくと、気まずそうに目をなつめからそらした。川をじっと見つめるその表情は暗い。

「私は照月堂でお世話になっていますから、照月堂を困らせる相手には警戒せざるを得ません。でも、氷川屋さんのことはお恨みしたくないです」

なつめが素のままの気持ちを述べると、しのぶの眼差しが再びなつめの方へ戻ってきた。

「ごめんなさい。なつめさんが気を遣ってくれるのに、私の方がひどい目に遭っているかのような物言いをして――」

しのぶは恥ずかしそうに目を伏せた。

「しのぶさんはしのぶさんで、大変だと思います」

なつめは言葉を選びながら言った。自分には励ましたり応援したりしてくれる照月堂という場所がある。気持ちを安らげることのできる大休庵もある。

だが、しのぶには本来元気や安らぎを与えてくれるはずの家が、そういう場所ではないのだ。そのつらさを想像すると、しのぶを何とかして力づけてあげられればと思う。

「しのぶさんを励ますことが、私にできたらいいのですけれど……」

しのぶはなつめのため、照月堂のため、いつも力を貸してくれている。そういうことを、自分も友のためにしてあげたいと思うのだが、生憎、すぐには思いつかない。考え込んで難しい顔になっていたのか、

「なつめさん」

気がつくと、しのぶが心配そうに声をかけてきた。

改めて見ると、心なしか、しのぶの表情が先ほどまでより明るくなっている。

「もしお願いをしてよろしければ、なつめさんにしかできないことがあるわ」

「私にしかできないこと――?」

なつめは首をかしげて問い返す。しのぶは、ふふっと小さく微笑んだ。

「ええ。なつめさんだけが私を元気にしてくれるんです」

そう言われても、まだすぐには分からなかったのだが、

「お菓子を作っていただけませんか。元気をくれるお菓子を――」

しのぶは待ちきれないという様子で言った。

「元気をくれるお菓子……」

「そうです。なつめさん、前に辰巳屋さんのお店で言ってましたよね。誰にでも、そういうお菓子があるって」

「え、ええ」

「辰巳屋さんが出してくださった餡団子、あのお菓子も私を元気にしてくれました。でも、なつめさんが作ってくださったものなら、私、もっと元気になれると思うんです」

「辰五郎さんと私では、腕前が全然違いますけど」

思ってもみなかったしのぶの言葉に、驚いて言い返したなつめに、

「私は、なつめさんの作るお菓子を味わってみたいのです。これ以上なくおいしいお菓子を食べたいわけではありません」

と、しのぶは熱心な口ぶりで告げた。

「大切な人が心をこめて作ってくれるお菓子の味は、心に沁《し》みて忘れられなくなるものですから」

しのぶはそう言うと、なつめから目をそらし、再び大川へ目を向けた。

大切な人とは、なつめのことのようにも受け取れるが、別の誰かのことを指しているようにも聞こえる。

しのぶは過去に、大切な人が作った菓子を味わった経験があるに違いない。誰のことな

のだろうと思っていると、しのぶが再び口を開いた。

「辰巳屋さんから帰った後、私、振り返ってみたんです。私がこれまでに元気をもらったお菓子って何だろうって」

しのぶの目は川の方へ向けられたままである。なつめもつられたように、そちらへ目をやった。

川風はまだ寒いのだが、天気がよいせいか、何組かの親子連れが川べりを歩いている。

「思い浮かんだのは、うちの店で出している菓子でも、他のお菓子屋さんの菓子でもなかったんです。それは、母さまが作ってくれた菓子だったの」

「しのぶさんのお母さまが――？」

しのぶの母がすでに亡くなっていることは、なつめも聞かされている。父親と心が離れてしまっているしのぶにとって、母の不在は実際以上につらいことだろうと思う。

「母さまは菓子作りが得意だったわけでもないんですよ。でも、私、母さまの作ってくれた草餅の味が忘れられないの」

そう告げてから、しのぶはなつめに目を戻した。

「お母さまの草餅――？」

そういえば、おまさも草餅だけは自分の手で子供たちに作ってやるのだと話していたことを、なつめは思い出していた。草餅はもちろん菓子屋で売るものもあるが、そうやってそれぞれの家で作る独自の味というものがある菓子なのかもしれない。

「しのぶさん、またその草餅を食べたいと思っているのですね」

しのぶは静かにうなずいた。

「母さまが作るのと同じ味わいの草餅があればいいな、と思ってはいましたが、なかなかめぐり合えなくて」

「草餅といっても、いろいろありますものね。どんな味わいの草餅だったのですか」

なつめが尋ねると、しのぶは少し考え込むような顔つきになり、

「なつめさん、草餅というと、何の草を使いますか」

と、逆に訊き返してきた。

「それは、蓬《よもぎ》だと思いますけれど……」

万能薬としても知られる蓬は体にもよく、新芽は香りもいい。

それを餅に煉り込んで作った草餅は、春を感じる緑色もきれいで人気のある菓子だ。蓬の新芽が出てくるのは二月くらいだから、菓子屋に並ぶのも二月から三月くらいになる。

「そうですよね。ふつうは蓬ですよね……」

「お母さまの草餅は蓬ではなかったのですか」

察しをつけて問うなつめに、しのぶはうなずいた。

「違ったと思います。蓬独特の香りもしなかったし。ただ、当時は母さまが作ってくれるのを草餅というのだと思っていたから、わざわざ尋ねたこともなくて――。蓬の草餅を食べたのは、母さまが亡くなってからなんです」

「なら、何の草を使っていたのか、分からないのですね」

「……そうなんです」

しのぶは残念そうに呟いた。

「でも、周りのどなたかが知っていらっしゃったかも。尋ねてみれば……」

と言いかけたなつめに、しのぶはいつにない激しさで首を横に振った。

「父さまは知っているのかもしれません。でも、母さまの死に目にもそばにいてくれなかった父さまには、訊きたくない。そう思ってしまって……」

しのぶはどこかかたくなな口ぶりで言う。父の耳に入るのが嫌で、当時からいる職人にも尋ねたことはないらしい。

（しのぶさんは、私が思っているよりずっと、寂しい思いをしてきたのかもしれない）

だから、自分と仲良くなった時、あんなにも喜んでくれたのだと、なつめは思いやった。

（お母さまの草餅を懐かしむしのぶさんは、江戸に出て来た私が最中の月を探していた時とおんなじ――）

寄る辺《よるべ》なさそうなしのぶの表情に、かつての自分の姿が重なる。

当たり前に存在すると思い込んでいた身内が急にそばからいなくなるやりきれない寂しさ。共に親しんできた菓子までも消えてしまった時の心もとなさ。相手も菓子も思い出深いものであればあるほど、心の虚《むな》しさは深まっていく。

（もしお母さまの草餅と同じ味を、しのぶさんに届けることができたなら――）

しのぶは元気になれるに違いない。

「しのぶさん」

なつめはしのぶの目をじっと見つめながら口を開いた。

「それだったら、お母さまが作ってくれたという草餅を、私に作らせてもらえませんか」

「本当ですか」

しのぶの顔色が喜びに染まる。

「すぐにできるとは思えないし、しのぶさんのお力も借りなくてはなりませんが……」

「もちろんです。どんなことでも言ってください！」

しのぶは明るい声で言い、なつめも笑みを浮かべた。

「しのぶさんがお母さまの草餅を食べていたのは、どの時季でしたか」

思い出の草餅について、なつめが問いかけると、しのぶはうなずいた。

「蓬の草餅が出回るのと同じくらいの季節でした。色合いも同じような感じだったと思います」

「香りはどんな感じでしたか」

「蓬に比べればぜんぜん。でも、鶉《うずら》餅とはまた違ったから、やっぱり少しは草の風味がしたのだと思います。でも、これとうまく説明することは……」

しのぶは途方に暮れた様子で口を閉ざしたが、春に食べられる青菜で、香りの薄いものということだけは分かった。それだけでも、食材を絞り込むことができるだろう。

「餡はどんな感じでした?」

「つぶ餡でした。でも、うちの店で出しているような甘いものではなくて、塩味の餡だったんです。舌鼓《したつづみ》を打つようなおいしさだったわけではないんですけれど……」

「でも、しのぶさんにとっては、それが元気をくれるお菓子なのですよね」

「はい、そうなんです」

しのぶは力をこめてうなずいた。

「母さまが作ってくれたから、格別そう感じたということもあるんですけれど……」

しのぶはそう言ってから、少し言葉を探すように考え込んだ。わずかの後、

「何だか体にすうっと入っていく感じがして、お腹に重たくないんです。しょっちゅうではないけれど、思い出すと食べたくなるというような――」

と、続けた。なつめはうなずき返した。

「私も頑張ってみます。しのぶさんには、何度も味見してもらうことになると思いますけれど……」

「そういうことなら、いくらでも喜んで」

そう言い合ったところで、肩の力が抜けたようになり、二人は顔を見合わせ、どちらからともなく笑い出した。

「少しお腹が空いてきたような気がします」

しのぶの言葉に、なつめはうなずいた。

「この先に、昔、鶴屋《つるや》のおよねという娘が始めた〈米饅頭《よねまんじゅう》〉が売っているはずです。饅頭の皮が小麦の粉ではなくて、米粉を使っているというので評判になったものなのですが……」

しのぶは川上の方に目を向けて言った。

「今も鶴屋さんというお店があるのですか」

「いえ、鶴屋さんは創業のお店として知られていますが、今はもうないそうです。今は別のお店というか屋台がいくつもあって、米饅頭を売っているそうですよ」

聞けば、しのぶも評判の饅頭なのに、まだ食べたことがないと言う。

それならば、次はその饅頭を食べに行こうと、二人は足をそちらへ向けた。

「あっ、しのぶさん」

数歩歩き出したところで、なつめはしのぶの袖をつかみ、唇にそっと指を立てた。

しのぶはなつめの様子に目を瞠《みは》ったが、合図の意味を察し、息を詰めている。

それからほどなく、川辺の葦原《あしはら》の方から、鳥の小さな鳴き声が聞こえてきた。

ホーホケキョ、ケキョ、ケキョ。

春を告げる鳥——鶯の鳴き声だった。

「私、今年になって初めて聞いたわ」

もう声は聞こえなくなっていたが、しのぶが内緒話をするようにささやいた。

「私もです」

なつめもささやき声で答える。

「あっ、もう声を潜めなくていいんですよね」

そう言って、なつめが笑うと、しのぶも声を上げて笑い出した。弾けるような笑い声を残し、二人は川沿いの道を進んで行った。

# 第三話　しのぶ草

## 一

暦が二月に入って間もなく、植木屋健三がひと月ぶりに照月堂へやって来た。

「ごめんください」

仕舞屋《しもたや》の玄関口でかけられた声に気づき、おまさが戸を開ける。

「あら、おたくは植木屋の……」

「へえ、健三でございます。大晦日《おおみそか》にお邪魔して以来、ご無沙汰《ぶさた》しておりました」

「あの時は立派な松を頂戴してしまって。何だかお大尽《だいじん》の家にでもなったみたいだって言ってたんですよ。こりゃあ、今年はたくさんの福が来てくださるぞって」

「そう思っていただければ、あっしも嬉《うれ》しい限りでさあ」

健三はそう言って顔をほころばせた。

「今日は店の方へ——?」

「へえ。表の店にはもうお邪魔したんで。女房と餓鬼《がき》に子たい焼きを食わせてやろうと思いましてね」

そう言って、健三は紐《ひも》でぶら下げられた紙包みを持つ手を、持ち上げてみせた。包みは二つあった。

「わざわざ、こっちへも顔を見せてくださったんですか。ありがとうございます。うちの人は厨房《ちゆうぼう》にいるんですが……」

おまさが声をかけに行こうかと続けると、健三はとんでもねえと手を横に振った。

「それには及びません。こちらへはただ、これをお持ちしただけですんで」

と言って、健三は先ほど掲《かか》げてみせた二つの包みのうち、一つを右手に持ち替え、それをおまさに差し出した。

中身が何やら分からぬまま、おまさが両手を出して受け取ると、その包みは思いがけないほど軽かった。独特の青くささもある。

「これは……」

「摘《つ》みたての蓬《よもぎ》なんでさあ」

と、健三は告げた。

何でも、健三の親方がいつも仕事を請け負っているお屋敷の庭に生えていたものだという。

「いや、庭木の剪定《せんてい》のついでに、生え始めた雑草も抜いとけっていうんでね」

雑草といっても、春の七草の類《たぐい》や蓬のような食用にできるものも生えている。だが、その屋敷では決められた場所以外のものはぜんぶ引き抜けという指示であった。

「そのまま捨てちまうのももったいないし、蓬なら使い道もあろうと、もらってきたんでさあ。照月堂さんでは、草餅《くさもち》に使うんじゃないかって思いましてね」

選《え》り分けて持ってきたのだと、健三は告げた。が、すぐに苦笑いを浮かべると、

「けど、さっき店先に行ったら、もう草餅の札が出てましたんで」

と、続けて言う。

「ま、使い道はいろいろあるでしょう。すぐ使わないなら、干して砕《くだ》いて茶にしてもいいし」

よかったら――と言うなり、健三はひょいと頭を下げて、踵《きびす》を返そうとした。

「まあ、ありがたいことです」

おまさは慌てて礼を述べた。

「草餅はあたしも作るんです。蓬を摘みに行こうと思ってたところで」

「それじゃあ、なおさらよかった。おかみさんが使ってやってくだせえ」

健三は笑顔を見せると、おまさに背を向けて歩き出した。

「あっ、健三さん」

おまさはその背中へ向かって声をかける。健三は足を止めて振り返った。

「前の競い合いの時の一件のことは、もうお気遣いなしってことにしてくださいね」

おまさが言うと、健三はへへっと笑った後、

「……へえ」

と、息を吐き出すようにして返事をした。

「正直、申し訳ねえって気持ちはないわけじゃありません。大晦日の時は知らなかったけど、今じゃあ、あっしも知ってますぜ。ここの店で出してたたい焼きを、氷川屋さんがあちこちの屋台で作っているって」

健三は渋い顔をして言った。

「くわしいことは存じませんが、氷川屋さんが強引な真似《まね》をしてるってことくらい分かります。かく言うあっし自身、あの氷川屋さんの企《たくら》みに利用されたんですからね。あの時、あっしが正直な判定を下していたらって思いますよ」

「あら。もし、あの時、健三さんがうちの店を勝ちとしていたら、氷川屋さんの邪魔立てはこんなものじゃすまなかったかもしれませんよ」

おまさがさらりと言い返した言葉に、健三は目を見開いた。

「氷川屋さんは、もっと手荒な商《あきな》いの妨害をしてきたってことですかい？」

「だって、氷川屋さんは競い合いに勝っても、うちを無視できなかったんですよね。だったら、もしあの時、負けていたら、今以上にうちを目の敵《かたき》にしてたんじゃないかしら」

「確かに、おかみさんのおっしゃることにゃ、一理ある」

健三はうーんとうなるような声を出して呟《つぶや》いた。

「だから、申し訳ないなんて思うのはもう終わり。考え方によっては、健三さんが負けの判定をしてくれたことで、うちは助かっているかもしれないんですから」

というおまさの言葉に、健三は考え込むように無言になってしまう。が、

「もちろん、この蓬はとってもありがたいですけれど……」

と、おまさが紙包みを軽く持ち上げながら微笑《ほほえ》むと、健三も笑みを浮かべた。それから、改めておまさに向き直ると、

「今日、蓬をお届けしたのはお詫《わ》びってわけじゃありません。むしろ、お礼っていうか」

と、健三は真面目《まじめ》そうな口ぶりで言い出した。

「お礼――？」

「その、大晦日の時、皆さん、あっしを受け容《い》れてくれたじゃねえですか。あれが本当に嬉しかったんですよね。鬼やらい団子もうまかったし……。そんで、ご馳走《ちそう》になったお礼っていうか、これからもこちらさんとお付き合い願いたいっていう挨拶《あいさつ》代わりっていうか」

「分かりました」

おまさはうなずきながら、明るい声で言った。

「蓬の香りが高いうちがいいから、今日これから草餅を作りますね。せっかくだから、健三さんにもおすそ分けをしたいんだけど、明日もう一度来てもらえるかしら」

「えっ、いいんですかい？」

思いがけない幸《さち》を拾ったという様子で、健三は訊《き》き返した。

「うちの人が作るのとは違いますけどね。あたしがおっ母さんから習った塩入りの餡《あん》こで作る草餅だから」

「いやあ、そういうのが嬉しいんですよ。あっしが持ってきた蓬で作ってくれるんなら、ぜひいただきたいです」

健三はまぶしそうに目を細めて言うと、明日、同じくらいの時刻にもう一度来ると約束して帰って行った。それを見送ってから、

「それじゃあ、あたしも草餅作り、と——」

と、おまさは自分自身に気合を入れるように言った。

「あの子たちが帰ってくるまでに作って、八つ時（午後二時）に出してやりましょう」

と呟きながら、おまさは仕舞屋の台所へ向かった。


その日、なつめが厨房での仕事を終え、仕舞屋へ挨拶に出向くと、郁太郎と亀次郎が居間から廊下へ飛び出してきた。

「なつめお姉さん、おっ母さんが草餅を作ってくれたよ」

「おいらたちはもう食べちまったんだよ。なつめちゃんも早くう」

二人の子供たちに引っ張られるようにしながら、なつめが居間へ行くと、おまさが笑顔で待ち受けていた。

座卓の上には、皿に盛られた草餅が置かれていて、蓬の香りが部屋の中に漂《ただよ》っている。

「ああ、いい香り」

なつめは息を吸い込んだ後、目を閉じて呟いた。

「でしょう？　植木屋の健三さんが届けてくれた蓬で作ったものなの」

おまさが嬉しそうな表情で言う。

「また、健三さんがいらしたんですか」

なつめが訊き返すと、おまさが答える前に、

「なつめちゃんも早く食べて」

と、亀次郎が急《せ》かしてきた。

「なつめさんに持ち帰ってもらう四つ分の包みは、もう用意してあるの。明日まではそんなに硬《かた》くならないと思うから」

そう言って、おまさが紐のついた紙包みを座卓の上に差し出した。

「もし帰ってから、皆さんと一緒に食べるなら、ここでは食べない方がいいかもしれないけれど……」

おまさがなつめの腹具合を心配して言ってくれるが、目の前にこんなにも香りのよい草餅を置かれながら大休庵に着くまでお預け、というのはあまりに切ない。

「今、出来立てをいただきたいです」

なつめが言うと、おまさはふふっと笑い声を漏らし、

「そうこなくっちゃね」

さに、と、明るい声で言って、皿の上の草餅を勧めた。白湯《さゆ》を持ってこようと言って立つおまさに、

「ありがとうございます」

と、礼を言ったものの、それが届くのも待ちきれそうにない。

「早く食べなよ」

「本当においしいんだよ」

なつめが舌鼓《したつづみ》を打つに違いないと、期待して見守る子供たちの前で、なつめは草餅を手に取って一口食べた。

口の中で、草の香りがいっそう際立つ。しっかりとしたつぶ餡が口の中で蓬入りの餅とからみ合った。ほどよい塩味が、一日の仕事で疲れた体に心地よく溶け込んでいくようだ。

しっかり噛《か》んで味わってから、一口目を飲み込んだ時、おまさが白湯を持って現れた。

それを一口飲んでから、

「おいしいです。こんなに蓬の香りがする草餅は初めてです」

なつめはおまさに告げた。

「菓子屋の草餅は、なかなか出来立てってていうわけにはいかないでしょうからねえ」

砂糖入りではない餡でも大丈夫だったかと問われ、なつめは大きくうなずいた。

「厨房で甘いにおいに包まれていたせいか、何だか塩味が懐かしく感じられました」

これがおかみさんの草餅なんですね――と、顔をほころばせた時、なつめの脳裡《のうり》に、し

のぶの母が作っていたという草餅のことがよみがえった。しのぶとは、その草餅を再現すると約束もしている。

「おかみさんは草餅を作る時、いつも蓬を使うのですか？」

ふと尋ねたなつめに、おまさは「そうだけど……」と怪訝《けげん》そうな顔をした。

「蓬以外の草を使われたことは――？」

「さあ、これはおっ母さんから作り方を習ったものだけど、おっ母さんもいつも蓬を使ってたからねえ」

「金物屋のお祖母《ばあ》ちゃん？」

亀次郎が会話に割り込んできたので、話はそこまでになってしまったが、おまさは蓬以外で作る草餅は知らないという。

蓬を使わない草餅とは、もしかしたら、しのぶの母がやはりその実家で自分の母から伝えられた独自の作り方なのかもしれない。

（あの約束以来、もう半月も経《た》っちゃったけれど、まだ何も分からない）

それでも、蓬が手に入る季節になったのだから、大休庵での練習で今度は蓬の草餅を作ってみようかと、なつめは思い立った。確か、しのぶの母が作る草餅も、砂糖ではなく塩入りのものだったと聞いている。

「おかみさん、今度、この草餅の作り方、私にも教えてください」

なつめがそう言うと、こんなものでよければ――と、おまさは嬉しそうにうなずいた。

それから、なつめは草餅を食べ終えると、

「ご馳走さまでした。大休庵へのお土産、ありがたく頂戴します」

と、礼を言い置き、草餅の入った紙包みを手に、大休庵への帰路に就いた。

## 二

その夜の大休庵でのこと。

夕餉《ゆうげ》の後、少ししてから、なつめは草餅を了然尼の居間へ運んだ。

「今日はお茶ではなく、麦湯にいたしました」

と言って、了然尼の前に差し出す。

「照月堂のおかみさんが作った草餅は、甘いものではありませんので、麦湯には少し砂糖を入れてみました」

苦みのあるお茶は甘い菓子にはよく合うが、塩入り餡の菓子には少し甘味のある飲み物の方が合うはずだ。といって、夏の冷や水のように、水に砂糖を溶かし入れるのも……。

そう考えていた時、

(温かい麦湯に砂糖を入れたものなら、あの草餅にきっと合うはず)

と思いつき、台所で試しに飲んで確かめた上、了然尼のもとに運んだのである。

「そうどすか。今宵《こよい》の草餅はおかみはんの手作りどしたなあ」

草餅と麦湯を前にした了然尼は、ほのかな微笑を湛《たた》えて言った。それから、草餅をのせた皿を手に取ると、

「ええ香りやこと」

と、まずは蓬の香りを楽しむように、息を吸い込んでから呟く。

「おかみさんがご実家のお母さまから習ったものなのだそうです」

なつめが言うと、了然尼はうなずいて草餅を手に取った。

なつめも自分の分の草餅を取る。照月堂でも一つ食べていたものの、蓬の香りをかいでしまうともうこらえられなくなってしまった。

（せっかくだし、今日のうちにいただいてしまいましょう）

と、心の中で呟いて、なつめは自分の分も一緒に用意したのだった。

照月堂で手にした時よりも、いささか薄れてはいるものの、口もとに持っていくと、やはりさわやかな蓬の香りに鼻をくすぐられる。

「懐かしい心地に誘われるお味どすなあ」

一口食べて、麦湯を口にした了然尼は、

「この麦湯の甘さもええ塩梅《あんばい》や」

と、笑顔を見せた。

「よろしゅうございました」

そう言ってもらえると、なつめも嬉しくなる。

それから、草餅を食べ終え、麦湯の茶碗を手にしながら一息吐いた。

「照月堂のおかみはんは、ご自身の母君に草餅の作り方を習わはったんどしたな」

その時、ふと思い出したように、了然尼が言い出した。

「はい。そのようにおっしゃっておいででした」

「おかみはんは、他にもお菓子をよう作らはるんどすか」

「いえ。作るのは草餅くらいだと、前におっしゃっていたように思います」

「そうどすか。ほな、草餅はやはり格別ということやろなあ」

と呟く了然尼の言葉に、なつめは首をかしげた。

「草餅が格別とは、どういうことですか」

問い返したなつめに、

「なつめはんは『母子草《ははこぐさ》』という言葉を、聞いたことがありますか」

と、了然尼は訊いた。漢字で「母と子」と書くのだという。

「いえ、ございません」

「ほな、春の七草は言えますか」

と、了然尼の質問が続けられる。

「それならば、歌で覚えました」

なつめはにっこり笑ってうなずき、昔、覚えた歌を披露した。

せりなずなごぎょうはこべらほとけのざ　すずなすずしろこれぞななくさ

「そう。それで合うてます」

了然尼は微笑みながらうなずいた。続けて、

「その三つ目、ごぎょうの別の名を母子草と言うんどすえ」

と、教えてくれた。

「昔は、この母子草を使って、草餅を作っていたと言われてますのや」

「そうなのですか」

初めて聞く話に、なつめは驚いて目を瞠《みは》った。どのくらい昔のことなのか尋ねようとした矢先、了然尼が一首の歌を口ずさみ始めた。

花の里心もしらず春の野に　いろいろ摘める母子もちひぞ

「母子もちひ……」

それが、母子草で作った草餅のことなのだろう。ならば、草餅は古くは母子餅と呼ばれていたのだろうか。

いずれにしても、なつめが初めて聞く歌であった。

「これは、和泉式部《いずみしきぶ》はんのお歌どす」

「えっ、和泉式部さんの――？」

驚いたのは、作者が七百年近く昔の――紫《むらさき》式部と同時代の人だと分かったからである。最中の月や椿《つばき》餅がその頃からあるのだから、草餅がその時代からのものであっても不思議はないが、もう少し後の時代のものなのかと思い込んでいた。

「花の咲く里にいながら、花を愛《め》でる風流心も分からず、春の野に出て摘んだ母子草で作った餅どす――というような意味ですやろなあ。この歌は、和泉式部はんが我が子に贈った歌とされてますのや」

和泉式部の恋人であった親王が亡くなり、幼い息子は出家して母と引き離された。その子が母のもとへ山芋《やまいも》を入れて贈ってきたところ、和泉式部は箱に草餅を入れて、贈り返したというのである。

和泉式部というと、恋多き女流歌人という印象を持っていたなつめは、このような子を思う歌を詠《よ》んでいたというのが意外であった。そのことを口にすると、了然尼はうなずきながら、

「確かに、和泉式部はんといえば、多くの殿方と恋をし、その想いを詠んだ歌が仰山《ぎょうさん》伝わってますけど、母としての思いを詠んだお歌もありますす」

と告げた。

「特に、娘の小《こ》式部内侍《しきぶのないし》はんに先立たれた時のお歌は、胸の引き裂かれるような悲しみがこもってます。『花の里』の歌も母と子が引き離されている事情を知れば切のうおますが、

息子はんのために草餅を作る母の姿を思い浮かべれば、ほのぼのとした感じが伝わってきて、ええですやろ」

「はい。そのことを知って食べると、草餅にまた違う味わいが加わるような気がいたします」

「わたくしは草餅を見ると、いつもこの歌と母子草で草餅を作る和泉式部はんの姿を思い浮かべるのどす」

と言った了然尼は、おまさが自分の母から草餅の作り方を習ったという話に、この歌が重なったのだと続けた。

（もしかしたら、しのぶさんのお母さまが作っていたという草餅は、この母子草――ごぎょうを使っていたのではないかしら）

そもそも、春の七草で食用でもあるし、時季も蓬と同じ。

「了然尼さまは――」

なつめは逸《はや》る気持ちを抑えながら、声を出した。

「母子草の草餅を食べたことはおありですか」

「はて。わたくしは食べたことはありまへんなあ」

了然尼もなつめと同じく、草餅といえば蓬のものしか食べたことがないという。

母子草で作る草餅は、今ではもう廃《すた》れているということだろう。だが、一部の家だけに昔ながらの作り方が伝えられていたこともあるのではないか。ひょっとしたら、しのぶの母が使っていたのはごぎょうだったかもしれない。

「母子草を使った草餅は、どんな味わいだったのかしら」

独り言のように呟いたなつめの声を聞き留めて、了然尼が口を開いた。

「わたくしは存じまへんが、そういうお話なら照月堂の旦那はんにお尋ねしてみればええやないんどすか」

そう言われて、なつめは小さく、あっと声を上げた。

「本当にそうですね」

そう言って、了然尼と目を見交わし、笑い合う。

二人は茶碗に残っていたほんのり甘い麦湯を飲み干し、それからなつめは片付けのため、了然尼の部屋を辞した。


翌日、なつめは照月堂へ着くとすぐ、仕舞屋へ行って、おまさに草餅の礼を述べた。それから、厨房へ入って道具などを検《あらた》め始める。前日のうちに選別した小豆《あずき》を、さらに確認しているところへ、久兵衛が厨房へ入ってきた。

「おはようございます、旦那さん」

なつめが挨拶すると、久兵衛は「ああ」とうなずき、

「今日もよろしく頼む」

と、告げた。いつもと変わらぬ姿であったが、

「なつめ、お前、もう一人でこし餡を作れるか」

という問いかけがそれに続いた。

「砂糖を加えて煉《ね》るところまででしょうか」

「そうだ」

と、久兵衛は短く答えた。

小豆の皮を取るところまでなら大丈夫。その次の手順を厨房で行ったことはないが、久兵衛の手際をいつも見てきたし、大体庵での修練も積んできている。

「はい。できると思います」

なつめは息も継がずに答えた。

「俺は今、新作の菓子を作らなくちゃならなくてな。少し気持ちを集中したい。だから、皮を除くところまで、俺が見ていなくても一人でやれ。今のお前ならできるな」

「はい」

「といっても、その先はまだ不安が残るから、水気を抜いたところで声をかけろ。それから先、砂糖を加えるところからは、俺も目配りする。だが、今日からはお前も一人でやるんだ。いいな」

「分かりました」

と、なつめは顔を引き締めて答えた。

この日、こし餡を使って作るのは鶉《うずら》餅と草餅である。

昨日、おまさが作った草餅はつぶ餡だった。家でおかみさんが作る場合、こし餡であることも砂糖を使うこともまれであろう。

だからこそ、店で売る草餅はそれとは別の、手間暇かけた深い味わいを持たせなければならない。

それが、十分に煉って砂糖を入れたこし餡なのだ。

なつめはいつもの手順に従って、水につけておいた小豆を煮るところから始めた。

丁寧に渋抜きをし、豆の煮えた具合を何度も確かめ、これというところで火からおろす。煮上がった小豆を潰して皮を取り除き、漉《こ》していく。それから、いよいよ晒《さら》し布の中に入れ、水気をしぼり出すのだが……。

たとえ非力であっても、時をかけて何度もやり続ければ、水をしぼり出すことができないわけではなかった。だが、厨房ではそんなもたもたしたことは許されない。

ただし、何度かやるうちに、こつがあるということも分かってきた。腕の力だけでやろうとするのが間違いで、自分の腹よりも低い場所に晒し布を置き、上半身の力をかけるようにすれば、多くの力をかけることができる。

とはいえ、調理台を低くすることはできないので、高いところのものを取るための台の上にのることにした。そうして水気を取ったところで、初めて久兵衛に声をかけた。

餡作りの間は自分の手先に夢中で、久兵衛がどんな作業をしているのか、まったく見ていなかったが、今、なつめと別の調理台に向かっている久兵衛の手は動いていない。特に道具を手にするふうもなく、その傍らには開いた冊子が無造作に置かれていた。

（あれは、大旦那さんの見本帖《みほんちょう》――？　それとも、旦那さんがご自分で書き留めてきた帳面？）

久兵衛は市兵衛の代からの蓄積をもとに、新しい菓子を作ろうとしているのだろうか。なつめの位置から久兵衛の表情は見えなかったが、何となく気軽に声をかけづらい雰囲気である。

少し躊躇《ためら》っていると、なつめの作業の物音がなくなったことに気づいたのか、久兵衛が振り返った。

「終わったのか」

久兵衛から目を向けられ、なつめは慌てて「はい」と答えた。

なつめが使っていた調理台へ移動すると、久兵衛は晒し布に上から手で力をかけ、水気の具合を確かめた。

「いいだろう」

という短い言葉に続けて、

「じゃあ、砂糖を加えて煉ってみろ。分量は分かっているな」

と、すぐに次の指示が飛ぶ。なつめは「はい」と答え、急いで取りかかった。

この煉りの作業にもやはり力が要《い》るが、この頃は少しの作業ではあまり疲れなくなっていた。

「味が調《ととの》ったと思ったら、声をかけろ」

と言われ、煉りながら味を調えていく。まだ途中の段階で、久兵衛にいったん味を見てもらった。餡を口に含んで味を確かめた久兵衛は、

「後は俺がやる」

と、言う。使い終わった道具を片付けておけと、なつめは言われた。

味の調い方が十分ではなかったかと思いながら、なつめは洗い物をしに庭へ出る。洗い終えた道具を手に戻ると、久兵衛はすでに餡を煉り終えていた。

「味見してみろ」

この感じをよく覚えろ――と続けて言われた。

「お前、万が一、砂糖を多めに入れ過ぎたら取り返しがつかなくなると、頭の片隅で思っていただろう?」

久兵衛から指摘され、思わずはっとなる。

図星だった。

大体俺で作る時は思い切って出来ることでも、照月堂の厨房では失敗できないという恐れが常に頭にある。その恐れが作業の動きを鈍らせ、失敗につながることがあるのだと気づかされた。

「申し訳ありません。これからは怯《ひる》まないように気をつけます」

なつめがすぐに頭を下げて言うと、

「自分で分かってりゃ、次は防げる。明日も同じことをしてもらうからな」

という久兵衛の言葉が投げかけられた。

「はい」

明日はちゃんとやり遂げようと思いながら、なつめは心を引き締め、返事をした。

三

その日、店に出す菓子作りがすべて終わった時、

「あのう、旦那さん。草餅のことで教えていただきたいことがあるのですが、よろしいでしょうか」

と、なつめは切り出した。

「何だ」

「草餅は昔、蓬ではなく、ごぎょうで作っていたと聞いたのですが……」

そう切り出すと、さすがに久兵衛はそのことを知っていて、

「ああ。母子草のことだろう？」

と、うなずいた。

「母と子を杵《きね》でつくのはよくないってんで、母子草を使わなくなったと聞いたことがある」

と言う。なるほど、そういう理由があったのかと、なつめは納得した。

だが、そうなると、縁起の悪いとされた食材を、しのぶの母が使ったとは考えにくい。

もっとも、それを知っていたとは限らないから、すぐに切り捨ててしまうわけにもいかないが。

「じゃあ、旦那さんは、ごぎょうで作られたことはありませんか」

「ああ」

久兵衛は短く答えてから、さらに続けた。

「縁起云々《うんぬん》だけじゃなく、蓬の香り高さに比べりゃ、ごぎょうは物足りないからな。蓬を使うようになったのもずいぶん昔だと聞くから、ごぎょうで作る草餅はもう作られていないだろう。だが……」

久兵衛はいったん間を置くと、改めてなつめを見据えた。

「蓬のあの香りが苦手だという人もいる。どうも薬くさいと感じるようだな。何だ、お前の身近にそういう人がいるのか」

「いえ、そういうことではないのですが……」

なつめはしのぶとの約束のことについては触れず、

「ただ、ごぎょうの草餅が作られていたのなら、どんな味わいだったのかと思って……」

と、続けた。

「気になるなら、自分で作ってみりゃいいじゃねえか」

久兵衛はあっさり言った。

「失敗したっていい。まずは、いろいろと試してみることだ」

お前にはもう、職人の技がいくつか備わっているだろう――という久兵衛の言葉を受け、確かにその通りだと、なつめは思った。あれこれ考えてばかりいた自分のことがおかしくなってくる。

(そうだわ。考えてばかりいないで、旦那さんの言う通り作ってみよう)

なつめはそう心を決め、さっそく作ってみますと返事をした。

「ただ、縁起のこともあるから、ごぎょうの草餅は売り物にしにくい。そういうことを気にする人もいるからな」

久兵衛は先を続けた。

「実は、俺も昔、蓬の苦手な人にと思って、蓬以外の草餅を作ってみたことがある。そん時、試してみたのが冬菜だ」

「冬菜……」

「ああ、灰汁《あく》がなくて使いやすい。仕上がりも癖のない感じだった」

「それは売り物にはならなかったのですか」

冬菜ならば縁起がどうこうということもないし、体にもいいはずだと思いながら、なつめは訊いた。

「ああ。蓬の苦手な人のためにと作ったもんじゃや、店の売り物としては弱いんでな。やっぱり蓬を好む人の方がけた違いに多い」

もしかして、久兵衛の言う「蓬の苦手な人」とは、身近な誰かだったのではないか。久兵衛が作った冬菜の草餅は、売り物にはならなかったかもしれないが、誰かの口には入ったはずだ。久兵衛の目の中に懐かしげな色が浮かんでいるのを見て、なつめはふとそんなふうに思った。

「それはともかく、お前もあれこれ試したいなら、冬菜でも作ってみりゃいい。近頃じゃ、小松川《こまつがわ》辺りの農家で、いいものがずいぶん作られるようになったって話だ。料理でも使うから、おまさがいい青物屋や振り売りを知ってるだろう」

ついでに、近くの田んぼ沿いにごぎょうの生えている場所があったはずだから、それもおまさに訊けばいいと言われ、なつめは大きくうなずいた。そして、その日、教えられた場所へ行き、両手で抱えられるくらいのごぎょうを摘んでから大休庵に帰った。


草餅を作る手順は分かっている。

最中の月を作った時と同じ糒《ほしいい》を使った餅の生地に、細かく切り刻んだ草を混ぜてさらに煉り、餡をそれで包めば出来上がりだ。餡はおまさが作る塩入りのつぶ餡の作り方を聞き、それと同じように作ってみた。

ごぎょうの量については、当たりをつけてやってみるしかないが、ひとまず蓬の草餅と同じような色合いになるのを目指してみる。

すると、見た目は蓬の草餅とあまり変わらないものが出来上がった。が、久兵衛が言っていた通り、香りは落ちるし、味わいもいまいちだ。

（蓬より癖がないから、苦手な人にはいいかもしれないんだけれど……）

久兵衛が口にしていたもう一つの冬菜はどうだろう。おまさが青物屋から、少し多めに買っておくと言ってくれたので、冬菜でも試してみようと思う。

出来上がったものを、まずはしのぶに味見してもらって感想を聞き、少しずつしのぶの母の味に近付けていければ――。

それから二日後には冬菜も手に入った。そこで、その茎を取り除き青菜の部分を使って作ってみる。青菜を刻んでいる時は青臭さを感じたが、餅に煉り込むとそれも消え、出来上がりはごぎょうよりさらに淡白な感じだった。

（でも、ごぎょうも冬菜も体にはいいはず）

その点は蓬で作る草餅と同じで、青物を煉り込んで作る餅菓子の特色である。

こうして何度か草餅を作った後、なつめはしのぶのもとを訪ねたいので、一日だけ少し早く帰らせてほしいと、久兵衛に頼んでみた。理由を訊かれたら、くわしい経緯《いきさつ》を話すつもりだったが、それなら明日七つ（午後四時）で帰ってかまわないと、久兵衛はあっさり告げた。

なつめはその日、また冬菜を分けてもらった上、帰り道にごぎょうを摘んで帰り、小さめの草餅を食材別に二つずつ作った。

そして、翌日は七つまで仕事をすると、その足で上野の氷川屋へ向かう。

途中、忍岡神社にお参りをし、母子狐の像の前に、作ってきた草餅を二つお供えした。

（しのぶさんがお母さまの草餅と再会できるよう、お力をお貸しください）

そこでも手を合わせて、なつめは忍岡神社を後にした。

それから氷川屋へ行き、この日は店の方へは回らず、しのぶから事前に聞いていた住まいの方の出入り口へと向かう。

裏庭の枝折戸《しおりど》から氷川屋の敷地へ入り、競い合いの時になつめも使わせてもらった厨房を回り込むと、店と主人一家の住まいをつなぐ渡り廊下がある。それを伝って住まいの方の玄関口に行き、声をかけてくれれば、女中が知らせてくれるはずだという話であった。

「大休庵より参りました。しのぶさんにお取り次ぎいただけますか」

事前にしのぶと打ち合わせておいた通りに告げる。

取り次ぎの若い女中が下がってしばらくすると、

「なつめさん」

と、しのぶ自身が笑顔で玄関口まで現れた。

「お約束のものをお届けしたのですが……」

しのぶの後ろに控えた女中の耳を憚《はばか》り、あいまいな物言いで止めておいたが、しのぶには何のことか分かったようだ。

「まあ、もう持ってきてくださったのですか」

ぱっと顔を輝かせると、

「中へ入ってくださいな、なつめさん」

と、しのぶは誘った。

氷川屋の主人と鉢合わせするのを避けたいなつめは、わずかばかり返事に躊躇《ちゅうちょ》した。すると、しのぶはなつめの内心を察したらしく、

「今、家にいるのは私だけなんです。父さまは外に出ているから、気兼ねはしないでください」

と、小声で告げた。それから、なつめの手を取ると、

「私の部屋にいらしてください。落ち着いて話ができますから」

浮き立つような声で言う。しのぶの言葉に従い、なつめは家の中へ上がった。そこからはしのぶに案内され、階段を上って、二階の部屋へ通された。

思った通り、しのぶの部屋は娘らしい華やかな調度で埋められている。中でも目を引いたのは、衣桁《ころもかけ》にかけられた薄紅色の地に梅模様の小袖《こそで》であった。

贅沢《ぜいたく》で華やかな品々に囲まれた暮らしをうらやましいと思うわけではないが、この小袖を見ると、亡き母の形見の小袖が目に浮かび、ふと切ない気持ちになる。

「なつめさん……？」

もの問うような調子の声をかけられ、慌てて我に返った。

「その小袖が何か――？」

「いえ、梅の花を見ていたら、こんな感じの煉り切りがあったなあと思い出して……」

つい、なつめはごまかしてしまった。

「なつめさんは本当に、お菓子作りのことで頭がいっぱいなのねえ」

感心した様子で言うしのぶの屈託のない声に、どことなくきまり悪さを覚えてしまう。

それを振り切るように、

「そうなの。それで、今日はしのぶさんに、草餅の味見をしてもらおうと思って」

と、なつめはことさら明るい声で切り出した。

「今、お茶を頼んだところだから、それを待っていただきますね」

しのぶはそう言い、なつめが差し出した風呂敷包みを開けた。箱に入った草餅は二つ。半分空白があることに不思議そうな顔をするしのぶに、なつめは忍岡神社の母子狐の像に供えてきたのだと告げた。

それから、お茶が来るまでの間、ごぎょうを母子草という話に始まり、了然尼から聞いた和泉式部の歌の蘊蓄《うんちく》や、久兵衛に草餅について尋ねた時のことなどを、なつめはしのぶに話して聞かせた。

「母子草の話は初めて聞いたわ」

というしのぶは、なつめの話を興味深そうに聞き、目を輝かせている。

「それで、今日は取りあえず、ごぎょうと冬菜で作ったものをお持ちしたんです」

「まあ、二つも試し作りしてくださったのですか」

しのぶは驚きの声を上げた。

「はい。餅に煉り込む青菜を替えただけですけれど……。ただ、蓬の草餅を食べ慣れていると、味わいも香りも物足りなく感じるかもしれません」

なつめの言葉に、しのぶは深くうなずいた。

「確かに、私は母さまの草餅に馴染《なじ》んだ後、蓬の草餅を食べたのですけれど、あまりの香り高さに初めはとても驚いたんです」

そんな話をしているうちに、女中が茶を運んできた。いったんおしゃべりを止めた二人は、女中が下がって行くと、改めて顔を見合わせる。

「ごぎょうの草餅は、葉っぱの上に載せてありますから」

生のままで見ると、冬菜の方がごぎょうの葉より色が濃いようだが、草餅にして煉り込むと、違いが分かりにくい。それで、余ったごぎょうの草の上に載せ、区別できるようにしてきた。

「それじゃあ、ごぎょうの草餅からいただきますね」

しのぶは懐紙《かいし》を取り出して、ごぎょうの草餅を包むと、一口食べた。

初めから終わりまで自分一人で作った菓子を余所《よそ》の人に食べてもらうのは、考えてみれば初めての経験である。なつめは何となく緊張した心持ちで、しのぶの口もとを見つめていた。

しのぶは何度も嚙み締めながら、ごぎょうの草餅を一口食べ終えると、軽くうなずいて、茶を口に運んだ。そうして口の中の味を流してから、冬菜の草餅に持ち替え、同じように一口食べる。

やはり、じっくりと味わうように一口目を食べ終えたしのぶは、再び茶を含んでから、改めてなつめに向き直った。

「蓬の草餅とはやっぱり全然違うんですね。それに、蓬と比べれば、この二つは似ているように思えるんですけれど、それぞれを食べ比べると、やっぱり違う」

なつめが感じたのと同じように、冬菜の方がいっそう癖がないように感じられると、しのぶは言った。

「お母さまがお作りになったものに、どちらか似ていましたか」

なつめが尋ねると、しのぶは少し首をかしげながら、言葉を選ぶようにしてしゃべり出した。

「似ているかどうかで言えば、二つとも蓬の草餅より、ずっと似ていると思います。なつめさん、こんなわずかな間でここまでのものを作ってくださるなんて、さすがだわ。本当にありがとうございました。嬉しくて、今、私はとても元気になりました」

しのぶはそう言って、頭を下げた。

「いいえ、そんな。了然尼さまと照月堂の旦那さんのお言葉がなければ、この二種の青菜を使おうとさえ思いつけなかったのですから」

なつめは手掛かりをくれた二人に改めて感謝を抱きつつ、しのぶの次の言葉を待った。

しのぶの母の味をぴったり再現できるとは思っていないが、どちらがより近かったのか、もう少しくわしい話を聞いてみたい。

「私は――」

しのぶは、いったん箱の中に戻しておいた二つの草餅に改めて目を向け、

「こちらの、ごぎょうを使った草餅の方が、より母の味に近いように思いました」

と、草餅の片方を手で示しながら告げた。

「そうですか。母子草の方が……」

その古き名が、しのぶの亡き母としのぶ自身の絆《きずな》を表しているようで、ほんの少し切なくなる。だが、しのぶの物言いから察するに、ごぎょうの草餅がそっくりそのまま亡き母の味を再現しているものではないようだ。

「より近いということの他に、何か気づいたことはありませんか」

なつめはさらに尋ねた。

次は、このごぎょうの草餅よりもっと近い味を再現したい。

「……そうですね」

しのぶは考え込むように呟きながら、ごぎょうの草餅を再び手に取ると、もう一度口に運んだ。二口、三口、今度は全部食べ終えてから、再び茶で口をすすぐ。

「あえて言うなら、この草餅よりもう少し複雑な味っていうか、雑多な感じの味わいだったように思うんです」

「ごぎょうの他にも、別の青菜が混じっていたのかしら」

なつめは考え込むように言う。たとえば、蓬を混ぜたり、冬菜を混ぜたりしていたのかもしれない。

なつめがそのことを口にすると、しのぶはうなずいた。

「いくつかの青菜が混ぜ込んであったというのは、確かにあり得るわ。小さい頃、私は青物が苦手であまり食べられなかったんです。もしかしたら、母さまが草餅を作ってくれたのは、私に少しでも青物を食べさせたかったためかもしれません」

そうだとしたら、いろいろな青菜を混ぜ込んだ見込みは高いだろう。

「でも、その中に蓬が混じっていたら、その香りや味の癖から、後になって気づけたと思うんです」

だから、蓬は入っていなかったのだろうと、しのぶは言い、なつめはそのことを心に留めた。

「母子草のお話を聞いたから、すぐにごぎょうで試してみたんですけれど……」

七草すべてを混ぜ込んでいたということもあり得るのではないか。なつめがふとした思いつきを口にすると、

「私も今、母子草のお話を思い返しながら、ちょうどなつめさんと同じことを考えていました」

と、しのぶが少し昂奮《こうふん》した様子で言った。

「七草の草餅って、食べたら健《すこ》やかになれそうですものね」

「そういえば、私、七草粥《がゆ》も好きじゃなくて食べなかったわ。母さま、たぶんがっかりしていたでしょうね」

しのぶはしみじみした様子で呟いた。

「今は食べられるようになったのですか」

なつめが尋ねると、しのぶは「ええ」とうなずき返した。

「七草粥に限らず、今は青物も食べられるようになったので」

それが、亡き母の草餅を食べているうちに、知らず知らず克服できていたのなら、しのぶの母も喜んでいるのではないかと思う。

「そういえば、七草の中でも、せりなどは特に香りや癖が強い方だと思いますけれど、お母さまの草餅に入っていたかどうか、思い出せますか」

なつめがさらに問うと、しのぶは首をかしげながら改めて考え込んでいる。ややあってから、

「ごめんなさい。改めてそう訊かれると自信がないわ。たくさんの草を混ぜてしまうと、一つの草の香りや癖が目立たなくなるようにも思えるけど」

「確かにそうですよね」

なつめはうなずきながら、春の七草をすべて手に入れて、改めてしのぶの母の草餅に挑戦してみようと心に決めた。

「そういえば、私ったら、餅の生地のことばかり、しゃべってしまいましたけれど……」

ふと思い出したように、しのぶは言い出した。

「なつめさんのつぶ餡、とてもしっかりとした味わいで驚いたわ。塩加減もちょうどよくて」

亡き母の作る素朴な味とはまた違うが、自分はこのなつめの味も好きだと言う。そして、次も餡の味わいは変えずに作ってほしいというしのぶの言葉に、なつめは笑顔になってうなずいた。

「ありがとう、しのぶさん」

厨房で教えられた照月堂の餡作りと、おまさに教えてもらった塩味のつぶ餡作り——その双方が合わさった味わいのはずだ。それをしのぶが気に入ってくれた——その喜びを噛み締めながら、なつめは心の中で、久兵衛とおまさの二人に感謝の言葉を述べた。

# 四

「ひとまず春の七草を手に入れて、すべてを混ぜ込んだ草餅を作ってみようと思います。その時はまた食べてくださいね」

辞去する間際にそう告げたなつめに、しのぶは「ぜひ」と熱心な口ぶりで言った。

「でも、次は私の方からなつめさんのもとへ出向きます。照月堂でも大休庵でも、その近くのお茶屋さんでもけっこうですから」

そう言った後、しのぶは五日後に習い事で外に出たついでに、照月堂へ菓子を買いに行くつもりだと続けた。

「なつめさんは修業中の身ですからお声はかけませんが、言伝《ことづて》などがある時は、番頭さんにお願いしても大丈夫でしょうか」

しのぶの言葉に、「私からも番頭さんにお頼みしておきます」と言って、なつめはうなずいた。

五日後のその時、しのぶに七草の草餅を食べてもらえたら嬉しい。七草を早く手に入れ、さっそく試し作りをしたくてたまらない気持ちに、なつめは駆られた。

「近くまでお送りしますね」

まだまだ話し足りない気がするもの――と言うしのぶに、うなずきかけたなつめだが、氷川屋の主人が外出中だと聞いていたことを、ふと思い出した。

「もっとお話ししていたいけれど、今日は一人で帰ります。しのぶさんと出歩く機会は、またあると思いますから」

玄関口でしのぶと別れると、なつめは厨房の建物を回り込んで、庭へ出た。

出入り口の枝折戸へ向かって進みながら、厨房をちらと横目で見る。

もう表の店を閉めるような頃合いのはずだが、厨房の窓から物音が漏れていた。まだ人がいるのだろう。

（菊蔵さんはどうしているかしら）

少し冷たく見える端正なその顔をふと思い浮かべ、日々修業に打ち込んでいるに違いないと思いを進める。

最後に辰五郎の店でたまたま顔を合わせた時から、もうふた月以上も時が経ってしまった。

自分でも気づかぬうちに、なつめは厨房の近くで足を止めていた。そして、これも気づかぬまま、厨房の窓を瞬《まばた》きもせずにじっと見つめていた。

「おい、おたく――」

突然、声をかけられて、なつめは飛び上がらんばかりに驚いた。

そちらへ目を向けると、立っているのはつい今の今まで、胸に思い描いていた菊蔵その人である。

「やっぱり、照月堂の職人の……」

「なつめです」

「ああ、覚えているよ」

菊蔵はそう言ってうなずいた。

その後、ほんのわずか、沈黙が落ちた。そのわずかの沈黙さえ耐えきれないような心地がする。と同時に、今、自分がこの氷川屋の敷地内に入っていることを、菊蔵がどう思うだろうかと急に不安になった。

「あの、私、しのぶさんにお会いするために伺って……」

あらぬ誤解を受けては困ると思って、つい口走ってしまったが、

「ああ、そうだろうと思った」

と、さして驚いた様子もなく、菊蔵は言った。

「お嬢さんがおたくと付き合ってることは、お嬢さん本人から聞いてるんだ。他の連中には知らせないでほしいとも言われている」

菊蔵から言われて、いささかほっとしつつも、なつめの心には、少しだけ引っかかるものがあった。しのぶはどうして菊蔵にだけは打ち明けているのだろう、と——。

だが、それについて、なつめが突き詰めて考えるより先に、

「ちょうどよかった」

と、いきなり菊蔵が言い出した。

「おたくに訊きたいことがあったんだ」

と言ったものの、なぜか菊蔵はすぐには切り出さず、周囲をうかがうような様子で、目を左右に動かしている。

「ちょっとここじゃ話しにくい。なつめさんは帰り道、どっちの方向に行くんだ？」

菊蔵から初めて名前を呼ばれたことに、なつめはどきっとしつつ、表には出さぬよう気をつけながら口を開いた。

「上野のお山のふもとを通っていきますが……」

「じゃあ、ここから行って最初の茶屋に入って待っていてくれないかい？　俺も後からすぐに行く」

菊蔵はそれだけ言うなり、さっとなつめから離れ、厨房とは反対側に向かって歩き出す。そちらも氷川屋の敷地であるらしく、菊蔵たち住み込みの職人の住居になっているようだ。筒袖《つつそで》ではなく小袖姿であったことからしても、菊蔵はどうやら今日はもう仕事は終わっていたらしい。

それにしても急なことで、なつめは戸惑った。しかも、菊蔵はなつめの返事を聞こうともしないで、勝手に決めてしまった。だが、何の用なのかも気になったし、照月堂を早く出ていたから少しなら暇もある。

なつめは急いで枝折戸をくぐり抜け、上野山へ向けて歩き出した。ともすれば足早になり、それももどかしくて駆け出してしまいそうになる。

そんなに急いだところで、菊蔵が先に来ているわけでもないと分かっているのに、心も足も止まらない。

茶屋に着いた時、なつめは全力で走ってきたかのように、胸がどきどきした。

氷川屋の方からこちらに通じている道が見えるような席を選んで、外の縁台に腰を下ろす。女中に茶を一杯注文し、なつめは胸を落ち着かせようとした。

（菊蔵さんが私に訊きたいことって何かしら）

辰五郎のことか、安吉のことか、それとも、しのぶのことか。

（ううん、しのぶさんのことでは……ないはず）

しのぶのことならば、自分より菊蔵の方がよく知っているはずなのだから。

だが、そう考えた時、しのぶのことではないと考えた自分に対し、ひどく嫌な気がした。

また、しのぶのことを自分より菊蔵が知っているということについても、いい気はしなかった。

（私、何を考えているのかしら……）

しのぶのことは大好きだ。大切な、たった一人の同年輩の友人――。そう思う気持ちに偽りはまったくないが、今、この瞬間の自分の心をのぞいてみると、そこに一片の曇りもないとは言いきれない気がしてしまう。

やがて、茶が運ばれてきたので、なつめはそれを一口飲み、息を整えるように深呼吸を一つした。それから、目を通りの方へやると、こちらへ向かってくる菊蔵の姿が視界に飛び込んできた。

「待たせたな」

菊蔵はわき目も振らずになつめのもとへやって来て、その隣に腰を下ろした。なつめは黙って首を横に振る。

「茶を一つ頼む」

菊蔵は女中に注文した茶が届くまでの間は、目の前を行く通行人をぼんやりと見ているだけで、話を切り出そうとはしなかった。茶が届いて女中も遠のくと、茶を一口飲み、それからようやく口を開いた。

「おたくに聞きたいのは辰五郎さんのことだ」

予想の中にあった言葉なので、なつめは再び黙ってうなずいた。

「氷川屋が屋台売りを始めたことは知っているか」

それまでよりいっそう低い声になって、菊蔵は問う。なつめはこれにも無言でうなずき返した。

「辰五郎さんの店を立ち行かなくさせるためだ。で、どうなったか知ってるか」

この問いかけには、すぐに返事をすることができなかった。首を動かすこともできず、ただなつめは菊蔵を見つめ返した。

「言える範囲でかまわない。氷川屋の者には言えないっていうなら、それでもいいんだが……」

菊蔵の物言いは生真面目で真剣なものであった。これが、氷川屋の意向を受けて探りを入れてきたものであるはずがないと、なつめは思った。

(菊蔵さんは辰五郎さんのことを案じてくれているように見える)

辰五郎が店開きをした時も、菊蔵はわざわざ店へ出向いていた。もとより、辰五郎は菊蔵の腕前に信を置いていたし、そういう相手を菊蔵が大事に思うのも不自然ではないだろう。

「辰五郎さんのお店は確かに立ち行かなくなりました。今はお店も閉めているはずです」

と、なつめは答えた。菊蔵は表情を少し険しくしたものの、感想は述べなかった。

「でも、お店をやっていくのをあきらめたわけじゃありません。またお店を開けられるよう、今は別のやり方を探しつつ、菓子だけは作り続けていく、というようなことをおっしゃっておられました」

なつめが言葉を選びながら説明すると、菊蔵はもうそれ以上尋ねようとはしなかった。大きく息を一つ吐くと、菊蔵は低い声で「そうか」と呟いた。それから、

「辰五郎さんは……氷川屋に来るのかと思ってたが……」

と、続けて言う。なつめは思わず「えっ」と声を上げた。

菊蔵は辰五郎に引き抜きの話があったことを知っているのだろうか。

「旦那さんがそれを望んでるって話は、氷川屋じゃ大体知れ渡っている」

なつめの不審な眼差《まなざ》しに気づいたのか、菊蔵が言い訳するように言った。

「たい焼きの屋台売りを始める時点で、旦那さんの狙いは何かって、俺たちだって話をするさ」

そう言われればその通りで、なぜ急にたい焼きの屋台売りをさせられるのか、職人たちだって疑問に思い、自分たちで推測するのが当然である。それでなつめは、一瞬生まれた菊蔵への不審な気持ちを捨て去った。

「辰五郎さんは……強いんだな」

ふと、目を前方に向けて、菊蔵が独り言のように言う。

「やっぱり、腕のある職人は違う」

独り言はさらに続いた。それから、菊蔵は目をなつめに戻すと、

「お嬢さんと浅草の菓子屋をめぐり歩いたって？」

と、突然話を変えた。しのぶは菊蔵に何でも話しているらしい。

「その時、つぶれた菓子屋の話を聞いたんだって？」

「はい。そのお店は旦那さんと職人さんが別々の小さな店だったということでした。職人さんが引き抜かれて、店は立ち行かなくなったって――」

「ああ」

菊蔵の目が再びなつめから離れていった。

「そういう話はめずらしくもない」

低い声で呟く菊蔵の横顔は、どことなく人を寄せつけない感じに見えた。

「小さな店なら、職人が店の主人の方がいい。照月堂さんや辰五郎さんとこみたいにな」

辰五郎が強いのも、氷川屋の主人が辰巳屋を完全に叩《たた》きつぶせないのも、辰五郎自身に菓子作りの腕があるからだ。菊蔵はそう言いたいのだろうか。

氷川屋のような大店《おおだな》の雇われ職人であるより、小さくてもいいから自分の店を持ちたいと、菊蔵自身も思っているということだろうか。

その意図が読み取れず、なつめが沈黙していると、菊蔵の低い呟き声が聞こえてきた。

「俺は腕を磨かなくちゃならねえ」

なつめに聞かせるつもりではなかったのだろう。胸の内の思いを、我知らず吐露してしまったというような感じの物言いであった。だが、それは決して、明るく前向きな希望に満ちた声ではなかった。聞きようによっては、痛い目に遭った者が暗い野望を抱いているようにも聞こえなくない。

なつめは少し不安になり、

「私も――」

と、できるだけ明るい声になるよう心掛けて言った。

「腕を磨いて、一人前の職人になれるよう努めます」

なつめの言葉に、菊蔵は顔をそちらへ向けた。まるで悪い夢から覚めたような顔つきだった。

「……そうか」

そう言った時の菊蔵は、心なしか、優しい眼差しをしているように見えた。

「今日は引き留めて悪かったな」

菊蔵は話は終わったという様子で言うと、懐から財布を出して立ち上がった。

「俺が払う」

と言って、菊蔵が二人分の代金を縁台に置いたので、「ご馳走さまでした」となつめは素直に礼を述べた。

もう日の入りも近い。これ以上、のんびりしているわけにはいかないが、菊蔵と過ごすひと時がこれで終わってしまうと思うと、何とも切ない心地がした。叶うのならば、時を戻して、菊蔵が茶屋へやって来るところからやり直したい、と思えるほどに――。

「じゃあ、気をつけてな」

菊蔵は言うなり、氷川屋へ向けて歩き出した。

なつめの帰り道は反対側だが、なかなか歩き出すことができず、菊蔵の背中を見つめ続けていた。いつまでも茶屋の前から動き出さねば、女中からもおかしな目で見られるかもしれないと思いつつ、どうしても菊蔵の後ろ姿から目をそらすことができない。彼が万一にも振り返った時、自分が気づきもせず背中を向けているだけというのは嫌だったからだ。

だが、菊蔵はその姿がすっかり見えなくなる時まで、一度も振り返ることはなかった。

なつめはゆっくりと踵を返した。

# 五

その翌日の朝のこと。

「氷川屋のお嬢さんには会えたのか」

と尋ねてきた久兵衛に、なつめは「はい」と答えた後、草餅を届けた経緯を簡単に話した。

「なるほどな。お前がごぎょうの草餅にこだわっていたのも、そのせいだったのか」

と、久兵衛は納得した様子で言う。

「それで、お前の作ったごぎょうと冬菜の草餅について、お嬢さんは何て言ってたんだ」

「ごぎょうの方がお母さまの味に近いとおっしゃっていました。ただ、他にも別の青菜が混じっているんじゃないかという話になって……」

「母と子を杵《きね》でつくのは縁起が悪いって言われるくらいだ。菓子屋のおかみさんが、わざわざそれだけで作ろうとはしねえだろうなあ」

と、久兵衛は言った。「それだけで」という言葉に、なつめは目を見開く。それならば、ごぎょう以外の青菜も入っていたのではないか――というなつめとしのぶの予想は、間違っていないということだろうか。

「前に、俺はごぎょうで草餅を作ったことはないって言ったが、あれはごぎょうだけで作ったことはないっていう意味だ」

さらに続けて、久兵衛は語り継いでいく。

「ということは、ごぎょう以外の七草を混ぜ込んだ草餅なら、作ったことがおありなのですね」

すぐに七草のことを口にしたなつめに、久兵衛は少し驚いた眼差しを向け、

「その通りだ」

と、認めた。

「しのぶさんが昨日、話していたんです。お母さまの作られた草餅はもっと複雑で雑多な

味わいだった、と——。それで、私たち、もしかしたら、他の七草と一緒に混ぜていたのではないかと考えたんです」

「そうか。氷川屋のおかみさんの草餅と同じかどうかは分からねえが、七草で作る草餅なら、京で作ったことがあるんだ。といっても、味わいは蓬の餅に勝るもんでもなくてな。要するに縁起を担いで食べる菓子だ。〈七草餅〉といって一月七日にしか出さなかった」

「それです。私、今度はそれを作ってみようと思っていたんです」

勢いよくそう言った後、今はもう二月だということに気づいた。

蓬は二月くらいから出回るが、七草はものによってはそろそろ葉が硬くなってしまうのではないか。まったく手探りの状態から、こんなに早く手がかりがつかめたのだから、七草の餅だけは早く作ってみたい。

そんななつめの内心に気づいたのか、

「七草の大半のものは、田んぼのあぜ道を探しゃ見つかるだろう」

と、久兵衛は言った。

「すずなとすずしろは青物屋で手に入るから、おまさに話しておけばいい」

すずなは蕪《かぶ》の葉、すずしろは大根の葉なので、その葉をもらえばいいというのである。

「冬菜でも七草でも、蓬の苦手な人にも食べられる草餅ってのは、悪くない発想だ。ただ、多くのお客さまに買っていただくためには、もう一つ蓬を超える何か——味わいでも香り付けでも見た目でもいいが、何かが必要なんだろう」

久兵衛はふとした調子で言った。前に、誰かのために冬菜の草餅を作ったような話をしていたが、それを商いの品にまで高めたいと考えていることが分かる。なつめは常に上を目指す師匠の姿に、改めて尊敬の念を抱いた。

「よし。それじゃ、またこし餡を作ってもらう。今日は最後まで一人でやってみろ。途中で俺が味を確かめることもしないから、自分の舌を信じて仕上げるんだ」

初めて自分の裁量で砂糖を加えた日、甘みが足りないと久兵衛から言われた。その翌日から、久兵衛に途中で味を確かめてもらいながら、なつめは餡作りを続けている。

味を調える以外の面でも、直すべきところがあれば、今までは注意もしてもらえた。が、今日は指図も確認もなしで、最後まで一人でやらなければならない。

「分かりました」

なつめは気持ちを引き締め、いつものように小豆を煮る作業に取りかかった。

久兵衛はそれを見届けると、こちらもいつものように調理台へ行き、見本帖を開きつつ、すでにできている白餡を元に、何かを混ぜて色をつけたり、形を作ったり、あれこれ試し始めた。

一方、なつめは慎重にこし餡作りを進めていった。

小豆が煮上がったら、豆を潰して皮を取り除き、実を晒し布の袋に入れる。台の上に乗って体重をかけるようにしながら、水気を除き、ちょうどいい具合になったら、砂糖を混ぜ、味を見ながら煉っていく。

その時――。

（大丈夫、大丈夫）

声が聞こえたような気がした。自分の声ではない。

（えっ……？）

と思った時、鍋の中のこし餡が目の中に飛び込んできた。いや、それまでもずっと見つめていたのだが、今はこれまでとは別のものに見える。

（あ、ひょっとしたら――）

さっき聞こえたように思えたのは、小豆の声ではないだろうか。ほどよく砂糖と混じり合い、表面につやが入ったこし餡は、にこにこと笑っているように見える。思わず見とれていると、

「できたのか」

という久兵衛の声が聞こえ、なつめは我に返った。

「はい」

急いで鍋を差し出す。

久兵衛は反対側からそれを受け取ると、一度、ざっとへらを回し入れた後、餡を掬《すく》って口に入れた。

久兵衛が舌で味を確かめている間、なつめは思わず目を閉じていた。久兵衛の返事を聞くまでは、恐ろしくて目を開けることができない。

それほど長かったはずもないのだが、なつめにはひどく長く思える時が過ぎて――。

「いいだろう」

久兵衛の落ち着いた声が聞こえてきた時には、全身の緊張がほどけていき、目を開けた途端、なつめは思わず前の台に両手をついて、体を支えなければならなかった。

久兵衛の顔は笑っていないが、なつめを見つめる眼差しは穏やかである。

「手際がよくなったな」

と、続けて久兵衛は言った。

なつめに背を向ける形で、別の台で作業していた久兵衛は、その間、一度として振り返っていないから、その目でなつめの仕事ぶりを見ていたわけではない。だが、音や気配からそれをきちんと感じ取ってくれていたのだ。

「水気を抜く時、力をこめるために踏み台を使うようになったのも、なかなかいい工夫だ」

たとえ背中を向けていても、自分の作業を気にかけてくれていたことが分かり、なつめは胸がいっぱいになった。

「氷川屋のお嬢さんのために草餅を作ったこともそうだが、大休庵でもしこたま修練を積んでいるんだろう？」

久兵衛は、見えないところでのなつめの頑張りぶりも分かってくれている。

「はい」

なつめは元気な声でうなずいた。

「今日は今までで一番いい出来だ」

と続けられた久兵衛の言葉に、なつめは少し首をかしげた後、

「うまく言えないのですが……」

と、言葉を選ぶようにしながら先を続けた。

「鍋の中に集中しているうちに、これでいい、大丈夫だって、小豆が教えてくれるような気がしたんです」

はっきりと自覚したのは今日初めてのことだが、思い返せば、うまくいく時はそれに似た感覚があったようにも思う。

「そうか」

と、久兵衛は深々とうなずいて言った。

「短い間に、そこまで達したのは悪くない」

久兵衛の言葉に、嬉しさが込み上げてきた。

もっと菓子を作りたい。もっといろいろ試して、腕を磨きたい。そんな気持ちがもりもり湧《わ》いてきて、疲れも吹き飛んでしまう。

「それじゃあ、使った道具をまずは片付けろ。それから、鶉餅と草餅の餅作りだ。これもできるな」

久兵衛の厳しいが温かい声に、なつめは「はい」と勢いよく返事をした。

それから、先走りそうになる気持ちを落ち着かせながら、手際よく後片付けを始めた。

# 六

せり、なずな、すずな、すずしろ、仏の座、ごぎょう、はこべら、これぞ七草——何をしている時も、この歌が頭から離れなくて困ってしまうと、なつめは思った。

思いがけず久兵衛から褒められ、気持ちが浮き立ってしまったのに加え、一日でも早く、七草の草餅を作ってみたいという気持ちがますます強くなったせいだ。

久兵衛の言う通り、すずなとすずしろ以外は、自分で手に入れることができる。久兵衛とおまさの厚意によって、蕪と大根を青物屋から仕入れてもらうことになった。ごぎょうは生えているあぜ道を知っているし、その近くを探せば、他の七草も見つかるだろう。それに、

（確か、大休庵にも生えていたはず）

と、なつめは思い返した。今年は照月堂の仕事に出ていたから手伝っていないが、七草粥を炊く日、菜摘みをした記憶もある。

今年も七草粥を食べたのだから、お稲なら生えている場所を教えてくれるだろう。

その日、大休庵へ帰り着くなり、お稲に尋ねると、

「ご入用なら、明日の昼のうちに摘んでおきますよ」

と、すぐに答えてくれた。

「最近、熱心に作ってらっしゃる草餅で使うんですね」

察しのよいお稲に、そうなのと答え、なつめはお稲の力を借りることにした。

そして、翌日――。

おまさから、すずなとすずしろを分けてもらったなつめは、ごぎょうを摘んで、大休庵へ帰った。お稲は請け合ってくれたように、すずなとすずしろ以外の草をすべて用意しておいてくれた。

「了然尼さまも菜摘みのお手伝いをしてくださったんですよ」

と告げたお稲の言葉に驚いたなつめは、すぐに了然尼のもとへ行き、礼を述べた。

「七草を求めてはる理由は、お稲はんから聞きましたえ」

草餅を作る修練をしてはるんやてなあ――と、了然尼は心得た様子でうなずく。

「ごぎょうや冬菜を使うた草餅も、これまでに作らはったんやて」

「はい。ですが、何か物足りなくて、今度は七草をすべて混ぜ込んで作ってみようと思っているんです」

「そうどしたか」

と、うなずいた了然尼は「ところで」と柔らかな微笑を浮かべたまま尋ねた。

「七草を食べる風習は何のためか、なつめはんは知ってはりますか」

「七草は、体を健やかに保つためのものと思っていましたが……」

改めて問われると、答えに自信が持てなくなるが、それが常識とされている考えではないだろうか。

「その通りどす」

と、了然尼は静かにうなずいた。

「健やかであるということは、その結果、長寿を得ることにもなりますやろ。せやから、七草は縁起物とされてるわけどすが、そうした話のもとになってる御伽草紙《おとぎぞうし》があるのや。『七草草紙《ななくさそうし》』というのやけれど……」

「そのままの名前なんですね。でも、初めて聞きました」

内容を聞かせてほしいと頼むと、了然尼はなつめに目を向けたまま、穏やかな声で語り始めた。

――唐土《もろこし》の楚《そ》という国に、「大《だい》しう」という男がいた。二親がたいそう老いているのを悲しんだ大しうは、何とか親を若返らせてほしいと天に祈る。その願いは帝釈天《たいしゃくてん》によって聞き届けられた。須弥山《しゅみせん》の南に暮らす白鷺《しらさぎ》は八千年も長生きしているが、それは毎年春に七草を食べているためだという。その方法を教えてくれるというのだ。

正月六日の酉《とり》の刻のせりに始まり、戌《いぬ》の刻にはなずな、亥《い》の刻にはごぎょう……というふうに、翌七日の卯《う》の刻まで、決められた七草を一つずつ手に入れる。そして、辰《たつ》の刻にすべてそろえた七草を白鷺よりも先に食べると、たちまち若返るというのであった。

言われた通りにすると、大しうの親は本当に若返った。大しうは親孝行の心を称賛され、帝《みかど》から位を譲られたというところで、話は終わる。

「親孝行の尊さを説くお話なんですね」

なつめはしみじみした声で呟いた。

内容は他愛ない子供向けの話であるが、親孝行のできない身としては切ない気持ちに駆られなくもない。しのぶもきっと同じだろう。

（また、親子——なんだわ）

母子草——ごぎょうの話といい、『七草草紙』の話といい、七草が親子の絆を伝える内容と結びついていることに、何とはない縁を感じる。

七草で作った草餅がしのぶの亡き母の味と違っていても、この話をしのぶにも聞かせたいと、なつめは思った。

「草餅を作る前に、今のお話を聞けてよかったと思います。ありがとう存じました」

なつめは了然尼に深い感謝の気持ちをこめて、改めて頭を下げた。


その日の晩、なつめは大休庵の台所で、さっそく七草を使った草餅作りに励んだ。餡は今まで通り、おまさから習った通りの塩入りのつぶ餡とする。

（そういえば、しのぶさんは昔、七草粥を好きではなかったと言っていたわ）

目の前に取りそろえた七草を目にしながら、なつめはふと思い出した。

もししのぶの母の草餅が七草で作られていたなら、七草粥は食べられないのに、草餅になると食べられたということになる。粥と菓子では食べる側の心持ちが違うこともあろうが、もう一つ、しのぶの母の工夫があったのかもしれない。

（青物の苦手な人はたぶん、青くさいものや苦いものが嫌いなはず）

せりは香りが強く、はこべらや仏の座は苦みが強い。一度、塩ゆでして灰汁《あく》抜きをしておいた方がいいかもしれない。その上で、それらの草はやや少なめに調整したら、苦手な人でも食べやすくなるのではないか。そうした工夫は粥でもできることだが、塩味の餡と一緒に食べれば、粥の時よりもさらに食べにくさが薄れるだろう。

なつめはその手順で下ごしらえをしてから、七草を刻み始めた。順番は気にする必要もないところだが、せっかくなので、先ほど聞いた『七草草紙』に従うことにする。せり、なずな、ごぎょうの順で刻み、最後がすずしろ。

それを混ぜてつぶしたものを、餅の生地に煉り込んでいく。生地がやがて優しい緑色に染まっていった。

ごぎょうだけで作った時よりも、香りがあり、苦みもある。

蓬の草餅が好きな人には物足りないかもしれないが、あの強い香りが苦手な人には、このくらいの方が好ましく感じるのではないか。

その生地で塩入りのつぶ餡を包んだ草餅を、なつめはいくつか作り上げると、翌日それを照月堂に持っていった。

しのぶが照月堂へ来る約束の日は、この日から二日後だが、まずは久兵衛に味を見てもらいたい。

厨房でそのことを告げると、久兵衛はすぐに一つ味見してくれた。

「七草がうまいこと煉り込まれているな」

餅の具合は悪くないということだ。

「塩入りのつぶ餡もこんなもんだろう」

と、久兵衛は言う。おまさから習ったんだなと続けて問われ、なつめはうなずいた。

「京の七草餅は縁起物っていうんで、餡は丹波大納言のつぶ餡を使っていたな」

丹波大納言の小豆は皮が破けないところが、武家のように「切腹する習慣のない」公家を指すというので、京では縁起のよいものとも考えられているらしい。

「餡は塩と砂糖とどちらを使っていたのですか」

なつめは興味をそそられて尋ねた。

「一月七日に出す菓子だからな。七草粥に合わせたのか、塩入りだった」

「確かに、七草の生地には塩が合うのかもしれません」

だが、試してはいないが、砂糖を入れた甘い七草餅も悪くないかもしれないと、なつめはふと思った。しのぶの言葉を受け、つぶ餡を作り続けてきたが、こし餡だって合うかもしれない。

――失敗したっていい。まずは、いろいろと試してみることだ。

という先日の久兵衛の言葉を思い返し、なつめは気持ちを新たにした。

「さて」

久兵衛は表情を改めて、なつめに向き直ると、

「今日も、こし餡作りからだ」

と、厳しい声になって告げた。

「はい」

なつめはすぐに返事をし、さっそく小豆を煮る仕度に取りかかった。


それから二日後、しのぶが照月堂に寄ると言っていた日のことである。

なつめは前日に作り上げた七草の餅を箱に入れ、太助に手渡してある。しのぶが来たら渡してほしいとも頼んでおいた。

「それだけでいいんですか」

と、太助は念を押すという調子で尋ねてきたが、

「はい。私は仕事がありますから」

と、なつめははきはきと答え、しのぶから言伝があれば聞いておいてほしいと付け加えた。

そして、その日の昼八つ半（午後三時）頃――。

その日に出す菓子作りも終わり、久兵衛はいつものように新作の菓子作りに没頭し始めた。その間、なつめは後片付けを済ませ、翌日の仕込みに取りかからねばならない。と、

その時、厨房の戸口が庭の方からとんとんと、どことなく遠慮がちに叩かれた。

「おかみさんでしょうか」

なつめは呟いたが、おまさならば、久兵衛かなつめの名を呼びそうなものである。

「開けてみろ」

久兵衛が背を向けたまま言った。なつめは「はい」と答えて、戸を開ける。

「しのぶさん！」

戸の前にはしのぶが立っていた。先日部屋の衣桁にかけられていた梅模様の小袖姿である。

「その、お仕事中に申し訳ないと思ったのですが、番頭さんがそうするように勧めてくださったので」

と、しのぶは申し訳なさそうに言った。

「番頭さんが――？」

なつめが不審げな声を上げると、

「俺が番頭さんにそう言うよう、頼んでおいたんだよ」

久兵衛が戸口の方に顔を向けて告げた。続けて、

「ちょっとなら、外へ出て来てかまわねえぞ」

と、なつめに言う。

「照月堂の旦那さん、申し訳ありません。お仕事中にお邪魔して」

しのぶが恐縮した様子で、久兵衛に頭を下げた。

「かまいませんよ。今日の菓子作りも終わったところだ。ちょうどその頃を見計らって、お嬢さんも来てくださったんでしょう?」

久兵衛が笑いながら言う言葉に、しのぶは「いえ、そんな……」と顔を赤らめうつむいている。

「それでは、ちょっとだけ失礼します」

なつめは久兵衛に断って、そのまま厨房の外へ出た。

「ごめんなさいね、なつめさん。番頭さんがなつめさんに会っていくよう、お勧めくださったので……」

と言うしのぶの手には、なつめが太助に頼んでおいた風呂敷包みがある。

「これ、七草の餅を作ってくださったんでしょう? 手に持ってみてすぐに分かったの」

なつめさんは本当に何でもてきぱきこなしてしまうのね——と、しのぶは明るい声で感心したように言った。

「もし、よろしければ——」

今ここで味見させてもらってもいいかしら——というしのぶの言葉に、

「もちろんです」

と、なつめは弾んだ声でうなずいた。

ちょうど腰掛けにもなる石があるので、それを勧め、せめて水なり持ってこようと、なつめは急いで厨房へ取って返した。久兵衛に断り、汲《く》み置いてあった水を湯呑《ゆの》みに注いで戻ってくると、しのぶは風呂敷の包みを解き、箱の中の草餅をじっと見つめていた。

「ほんの少し香りがあるのね」

七草粥と同じだわ——と、しのぶは呟いた後、

「いただきます」

と、草餅を手に取って、口に運んだ。

しのぶは目を閉じ、じっくりと味わうように噛み締めている。しのぶがその一口を食べ切ったのを見計らって、なつめは湯呑みを差し出した。

「ありがとうございます」

と言って、湯呑みを受け取るしのぶの声が、少し震えているように聞こえる。

「……これよ。母さまが作ってくれた草餅だわ」

しのぶはささやくような声で呟いた。

「えっ、本当ですか」

そうであってほしいと思っていたにせよ、こんなにも早く願い通りの結果が出たことに、なつめは驚いた。

「本当です。この生地の、すうっと体に溶け込んでいく感じ。そう、この味わい。もう二度と食べられないと思っていたのに……」

なつめを見つめるしのぶの目がだんだんと潤んできた。

「本当にありがとう、なつめさん。こんなにも早く、懐かしい母さまの味に会わせてくれるなんて」

　喜びと感謝をあふれさせるしのぶを前に、なつめもまた、喜びを噛み締めていた。

（誰かのためにお菓子を作って、喜んでもらえることが、こんなにも心弾むことだったなんて――）

　これまでは知らないことであった。

　それだけでも、嬉しくありがたい出来事であり、改めてしのぶとの縁を感じる。

「これ、二人でお話しした通り、七草のすべてを煉り込んで作ったんですけれど……」

　なつめはしのぶにじっと目を向けて切り出した。

「七草は健やかになることを願って口にするもの。だから、やっぱりお母さまはしのぶさんが健やかであることを願いながら、この草餅を作ったと思うんです」

　しのぶはなつめの言葉に、黙ってうなずき返している。

　なつめはしのぶに『七草草紙』の話を知っているかと尋ね、しのぶが首を横に振ると、先日、了然尼から聞いた話をそのまま伝えた。

「今日改めて、しのぶさんの口からお母さまの草餅が七草で作られていたことを聞き、このお話としのぶさんとのご縁を感じました。亡くなったお母さまのお齢《とし》を戻すことはできないけれど、でも、しのぶさんのお母さまを思う気持ちは、大しうと同じだと思うんです。だから、しのぶさんの気持ちが天のお母さまに通じたんじゃないかしら」

「私には、なつめさんがそのお話の帝釈天さまのように思えました」

「まさかそんな……。ですが、私はこの草餅で、しのぶさんを元気にすることができたのでしょうか」

なつめの問いかけに、しのぶは「もちろんですとも」と大きな声で言い、何度もうなずいた。

「前に草餅を届けてくださった時も、元気をいただきました。でも、今日はそれに加えて、勇気ももらったわ。私もなつめさんのように、しっかりしなくては――。そうでなくては、天の母さまが安心できませんものね」

袖口で目もとを軽く押さえた後、しのぶはいつになく力強い目をなつめに向けて切り出した。

「なつめさん。どうか、この草餅に菓銘をつけてくださいませんか」

急な申し出に一瞬虚を衝かれたものの、なつめはうなずいた。

「しのぶさんがそうおっしゃるのなら――」

一つ深呼吸をしてから、目を閉ざし、心を澄まして考えをめぐらせる。

七草を使った草餅については、久兵衛から教えてもらった。それは、京では〈七草餅〉という名をつけられており、つぶ餡の材料に丹波大納言を使っていたことを除けば、しのぶの母の草餅と大きな違いはない。

（七草餅でもいいけれど、それじゃあ、しのぶさんのお母さまの深い思いは伝わらない）

草――そういえば、しのぶという名は上野の忍岡神社からつけられたと聞いたが、草に縁《ゆかり》がないわけでもない。昔から「しのぶ」という名の草が歌に詠まれてきたのだから。そう思い至った時、菓銘はすぐに決まった。

なつめはゆっくり目を開けると、

「〈しのぶ草〉ではいかがですか」

ささやくような声でそっと告げた。

「……しのぶ草?」

しのぶがゆっくりとくり返す。

「ええ。しのぶ草を使ったわけではないけれど、この草餅にぴったりの名前だと思うわ」

「なつめさん……」

「私、ちゃんとした職人になって、自分で考えた菓子をお店に置いてもらえるようになったら、この〈しのぶ草〉を出してみたいの」

もちろんもっと改良を加えて、大勢の人に親しまれる味わいにしなくちゃいけないけれど――と、なつめは生き生きと目を輝かせながら言った。

「すばらしいわ。そんななつめさんを私はずっと応援していきたい！　心からそう思いました」

しのぶはなつめにじっと目を向けたまま、力のこもった声で言う。

「私、ずうっとなつめさんのお菓子を食べ続けるわ。たとえ私が氷川屋を継いだ後だって、なつめさんのお菓子を応援し続けるから」

しのぶの力のこもった言葉に、なつめはしっかりとうなずき返した。

「ありがとう、しのぶさん」

自分はとても仕合せだと、なつめは思いを馳《は》せた。

自分の作った〈しのぶ草〉にこれほど喜び、応援してくれるしのぶがいる。

考えてばかりいた時、やってみろと後押しし、力を貸してくれた久兵衛もいる。

塩入りの素朴なつぶ餡作りを教えてくれたおまさや、食材を集める手助けをしてくれたお稲、そして、心の芯《しん》にしっかりと持ち続けていたい大事なことをいつも教えてくれる了然尼がいる。

感謝の気持ちは、菓子の道をしっかりと歩んでいくことで返していこう。

瞳に明るく強い光を浮かべながら、なつめは心にそう誓っていた。

# 第四話　六菓仙

## 一

元禄二年も二月を迎えた頃、江戸から遠く離れた西の京都では——。

二条烏丸《からすま》通りにある菓子司《かしつかさ》、果林堂《かりんどう》の厨房《ちゅうぼう》では主人九平治《くへいじ》を親方として、五人の職人と五人の見習いが働いている。昨年の末、これにもう一人、見習い職人が加わった。

「安吉」

厨房で名を呼ぶ職人の声がする。「へい」と見習い職人になった安吉が返事をすると、

「これ、洗っとけ」

台の上に山積みになった布巾《ふきん》を示された。それに取りかかろうとすると、

「安吉」

と、別の方から再び名指しされる。

「草餅《くさもち》に使う蓬《よもぎ》は、ちゃんと宇治《うじ》で採れたもんなんやろな」

「へえ、振り売りのもんにしっかりと確かめました」

安吉はすぐに返事をした。

「ほな、すぐに持ってこい」

「あ、まだ洗ってないんですが……」

「はよやらんかい！」

怒声が降り注がれ、その度に心の臓がどくんと跳ね上がるのだが、決して脅えを顔に出さないようにしている。

怒鳴られる度に固まっていたら、仕事にならない。使いものにならないと思われ、果林堂を追い出されたら、自分にはもう行く場所はないのだ。どんなことをしてでも、ここにしがみつかなければならない――その覚悟を持って、安吉は厨房での仕事に取り組んでいた。

大慌てで蓬の入ったざるをつかみ取り、厨房を飛び出そうとしたその矢先、

「また、叱られてんのか」

少し甲高い少年の声がした。あっと思う間もなく、安吉は出入り口で、外に立っていた少年と鉢合わせてしまった。その顔を見た途端、内心は一気にどよーんと沈み込んでしまう。

（疫病神がやって来た……）

自分の不出来や不運を人のせいにしてはいけない——そのことは照月堂で学ばせてもらい、重々分かっているつもりであった。が、この少年相手の気持ちは、それとはまた違う気がする。

そして、少年の登場で変わったのは、安吉の内心だけではない。厨房にいた職人たちの態度と、厨房全体の雰囲気までもが、がらりと変わったのである。一瞬、それまでとは違う、ぴりぴりっとした緊張感が走ったかと思うと、今度はそれを押し隠すため、あえてぎこちない和やかさを味付けしようというような——。

「これは、柚木《ゆき》の坊ちゃん」

さっきは蓬を洗ってこいと怒鳴っていた職人が、別人のように丁寧な物言いで言った。

それから安吉に目を向けると、

「ああ、安吉。蓬はあてが洗うさかい、もうええからな」

と、先ほどとは打って変わった穏やかな口ぶりで告げた。

「布巾洗いもええぞ。他のもんにやらせるさかい」

それを命じた職人もすばやく前言を撤回する。

「ほな、安吉はあてが借りてってええのやな」

少年が含み笑いを漏らしながら、誰にともなく言う。

安吉はどうとも返事をしかねて、厨房の一番奥にいる親方の九平治に目を向けた。他の職人たちも九平治が返事をするものと思っているから、無言を通している。

「ああ、ええとも」

九平治が少年の機嫌を取るような調子で言った。

「せやけど、あまり遅くならんうちに帰って来るんや。お義父《とう》はんかて心配しはるさかい」

金はあるんか――と、猫撫《ねこな》で声で九平治は尋ねた。

「分からん」

少年はどうでもいいというような口調で、投げやりに答えた。

「なければつけにしてもらうんで、かまへんやろ。菓子司果林堂のもんやと言えば、皆、喜んでつけにしてくれるさかいな」

九平治に言い返した少年の口もとには、冷たい笑みが刻まれている。

(「えげつない」ってのは、こういうのを言うんだろうな)

京へ来てから覚えた言葉を、安吉はふと思い浮かべた。

少年から有無を言わせぬ調子で命じられ、「……へえ」と応じると、安吉はその後に従って厨房を出た。

「ほな、ついて来《き》ぃ」

安吉が今、修業をさせてもらっている果林堂の主人九平治は、照月堂の主人久兵衛が紹介してくれた相手である。何でも、昔、同じ店で修業していたことがあるとかで、年齢もほぼ同じくらいに見えた。

昨年の十二月、果林堂へたどり着いた安吉から、久兵衛の文《ふみ》を渡された九平治は、

「へえ、久兵衛が文とは、めずらしいこともあるもんや」

と言いながら、すぐに目を通した。安吉は読んでいないが、中には安吉のことが書かれてあるはずだ。菓子職人になりたがっていること、京での修業を望んでいること、できるなら九平治のもとで修業させてやってほしいこと——そのような内容だと、安吉は思っている。

「あんた、安吉というんやな」

九平治は観察するような目で安吉を眺めながら言った。

のんきそうな奴や——と思われている気がして、安吉は顔を引き締めてから「へい」とうなずいた。

「どんなことでもいたします。俺はどうしても菓子職人になりたいんです！」

果林堂の客室で九平治と向き合っていた安吉は、その場に頭を下げた。

「どうか、親方の弟子にしてください。どうか、どうか！」

床に額をこすりつけて頼み込む。承知してくれるまで引き下がらない覚悟であった。

「せやけど、あんた。ここは菓子の本場や。江戸の田舎菓子と一緒に考えてもろたら困る。京でやっていけるようになるには、江戸の職人の倍は大変やと思うてもらわな」

「それでも、俺はくじけません。雑用でも何でもさせてもらいますんで」

安吉は決然とした口ぶりで言った。

「ほな、あんた。京に骨を埋める覚悟なんか」

「えっ、骨を埋める——？」

安吉は頭を上げると、きょとんとした顔つきになって、九平治を見つめた。

「死ぬまでここで菓子職人としてやっていくつもりなんか、と訊《き》いてるのや」

「そ、それは……。その、俺は江戸っ子ですんで」

安吉の中で、江戸へ帰るというのは初めから決まっていたことであり、江戸以外の土地で死ぬなど、想像してみたこともない。しどろもどろの安吉の返事を聞くなり、九平治の表情に「やっぱりや」というような、がっかりした様子が浮かんだ。

「京でええとこどりして、さっさと江戸へ帰ろうちゅう魂胆なんやろ。京で数年でも修業したなんて言おうもんなら、江戸ではさぞ重宝されるんやろなあ」

そこまで深い魂胆など、安吉は抱いていない。だが、京で修業したという経歴が江戸で役に立つことは、何となく想像がついた。それで黙っていると、

「昔も、そないな男がおった。身につけるもんだけ身につけると、さっさと江戸へ帰りよった」

九平治が棘《とげ》のある嫌みな物言いをした。わざわざ安吉に聞かせたところからすれば、その人物とは二人が共通して知っている者ということになる。

「照月堂の旦那さんは見事な腕前の職人です。お志も立派な方です。いいとこどりして、

さっさと江戸へ帰ったなんて……」

黙っていられない気持ちになった安吉は、ついむきになって言い返してしまった。

「あの男がさっさと江戸へ帰ったんは、ほんまのことや。あてらの親方が京へ残れと言うのを振り切ってな」

苦々しげに言った後、

「せやけど、勘違いしてもろたら困る」

と、九平治は続けた。

「誰も久兵衛の腕や志をけなしてはおらん」

「えっ、だって……」

あんなに棘のある言い方をしたではないか——という言葉を、安吉が飲み込むと、

「あの男は格別や。お菓子の神さまから目をかけられた男やさかいな」

と、九平治は言った。その言葉に異存はなかったので、「はあ」と安吉はうなずく。

「せやから、あんたがちょこちょこっと京で修業した気になって、江戸へ戻って、久兵衛みたいになれると思うてもろたら困る、と言うてるんやないか」

「そんなことは初めから思ってません！」

自分が久兵衛のようになれるなんて、考えたこともない。ただ、尊敬する久兵衛が菓子職人を目指すなら京へ行けと言ったから、その言葉にすがって、京へやって来たのだ。

さんざん迷惑をかけたにもかかわらず、わざわざ紹介状まで書いてくれた久兵衛の恩に

報いるためにも、何とか京で自分の居場所を作らなければいけない。

もう一度、安吉が頭を下げようとした時だった。

「九平治はん」

突然、客室の戸が開いて、一人の少年が姿を見せた。

「長門《ながと》……」

九平治の口から漏《も》れた名は、少年のものと思われる。

「あてのことは、義兄《にい》はんと呼びなはれ。お義父はんからもそう言われてるやろ」

九平治がどことなく遠慮がちな声で注意する。

「ああ、そうやった。堪忍《かんにん》な。お、に、い、は、ん」

わざとらしい物言いで、十一、二歳かと見える少年——長門が答えた。

ずいぶん年齢の離れた兄弟だ、親子といった方が自然なくらいではないかと、安吉が思っていると、長門の目が安吉に向けられた。

「新しい奉公人か」

ぞんざいな口ぶりで九平治に問う。

「まだ決まったわけやあらへん。それに、こん人は職人を目指してるんや」

「置いてやったらええやないか」

長門はただの思いつきのように言った。

「果林堂はこれからますます大きゅうなるさかい、奉公人の数かてそれなりにそろえな、柚木家が軽う見られるんと違いますか」

「そうかもしれへんが……」

いずれ江戸へ帰ってしまう職人を、何で京のもんが一生懸命育てなあかん——と、九平治の愚痴めいた言葉が続いた。長門や安吉に聞かせるというより、独り言のようなものだったが、長門がそれに食いついた。

「何や、あんた、江戸から来たんか」

「えっ。へ、へい。そうです」

安吉が応じると、一瞬の後、長門がくくくっと声を立てて笑い出した。

「おもろいしゃべり方するんやなあ」

その物言いにはどことなく江戸を下に見ている感じが出ていて、安吉はむっとした。が、自分は久兵衛の紹介でここにいるのだ。こらえなければならないと思い直し、無言を通した。

九平治も悪い人ではないようだが、京の方が江戸よりも格上——という意識は何となく透けて見える。そこは長門と同じで、これが京の人というものか、と安吉はぼんやり思いめぐらしていた。

「なあ、お義兄はん」

一音一音わざとゆっくり発音しながら、長門が切り出した。

「迷うてはるんなら、この奉公人、あてにください」

長門の口から出てきた提案に、安吉が驚いたのはもちろんだが、九平治も目を丸くしていた。

「奉公人て、安吉は職人を目指してるのや」

「ほな、あての用がない時は厨房で使《つこ》たらええ。けど、あてが呼んだら、どないな時でも従わせてください。あんたもそれでええやろ」

長門から不意に問いかけられ、安吉は返事に困った。

ここへ置いてもらえるという話はありがたい。だが、どんな時でも、この少年の言葉が最優先にされるとなれば、安吉は厨房で使ってもらえるとしても、なかなか仕事を任せてもらえないだろう。もちろん、どんな雑用でもする覚悟はあるのだが……。

「ほな、それで決まりや」

安吉が何も言えないでいるうちに、長門が決断を下してしまった。

苦い顔つきをした九平治も、何も言い返そうとしない。

「用のある時はあてが呼びに行きますさかい、そのつもりでな。ええと、安吉ちゅうたか」

「へ、へえ。そうですけど……」

困惑したまま返事をすると、長門はもう部屋の外へ出て行ってしまっていた。

戸が閉められ、再び部屋の中に二人だけになってから、安吉は九平治に、自分はどのようにすればよいのかと問うた。

「あれは、あての義理の弟や」

と、九平治は苦々しい顔つきで説明し出した。

長門は古くから続く柚木家の子供で、柚木家は代々、宮中で菓子作りを行う主果餅《くだもののつかさ》の職を務めてきた家だという。

義兄弟ということは、九平治が長門の姉を女房にしたのかと思っていたら、そうではなかった。九平治が柚木家へ養子に入ったのだという。それも、跡を継がせるための養子としてであった。

それで、年齢が離れていることに合点はいった。が、世事に疎《うと》い安吉でも、柚木家には長門という男子がいるのに、どうして九平治を養子にしたのかという新たな疑問が湧《わ》く。

そうした内心に気づいたのか、

「柚木家はな、金に困ってたんや。それで、養子になってくれるもんを探してた」

と、九平治は早口に告げて、安吉から目をそらした。

それはつまり、金のある者を養子に迎え、跡継ぎの座をやる代わり、自分たちの生活を助けてもらおうという魂胆であろう。

(それだと、九平治さんは金で柚木家を買ったってことか)

安吉がそんなことを思いめぐらしていると、

「京では、めずらしい話やないんや」

と、九平治が苛立《いらだ》ったような口ぶりで言った。

朝廷の役職を代々務める職人や技術者の家は、それほど高い身分の者でなくとも古い家柄である。そして、家督を継いだ者がその官位と官職を受け継いできた。

主果餅は正七位《しょうしちい》に当たるのだという。

そう聞かされても、それがどのくらいの地位なのか、安吉にはさっぱり分からない。ただ、いわゆるお公家さまは五位《ごい》以上で、名門は三位《さんみ》以上ということだった。柚木家の格はそこには入れない地下家《じげけ》という部類に入るらしいが、そこそこのものではあるのだろう。

だが、そうした地下家では貧乏暮らしに耐え切れず、家督を金で売り渡すということが行われていた。もちろん違法であるが、養子に迎えるのであれば表向きは問題ない。

そうなると、長門の九平治に対する態度が尊大なのも、九平治が長門に妙に遠慮がちであるのも、分からぬ話ではないと、安吉はようやくつかめてきた。

「ほな、仕方ない。あんたはうちの厨房へ入れる。取りあえずは見習いや。何でもすると言うたからには、下働きのようなことからしてもらうけど、よろしいな」

九平治は話を打ち切るように言った。他の奉公人や職人たちと同じように、住み込みもさせてもらえるという。

「はい。ありがたいことです」

安吉はすばやく頭を下げた。

「せやけど、あてを含む厨房の職人たちが何を命じていても、長門から呼ばれたら、そちらに従《したご》うてもらうで」

厨房の職人を含め、果林堂の奉公人のすべてにそのことは徹底させる――と、九平治は請け合った。

「あ、あの。それはいいのですけど……」

気は進まないものの、逆らいようのないことは分かる。ただし、気にかかることがないわけでもない。

「長門……さまからは、一体どんなことをさせられるんでしょうか」

恐るおそる安吉は尋ねた。九平治は難しい顔で考え込むと、ややあってからおもむろに口を開いた。

「そりゃ、いくらわがままな長門でも、法を犯すようなことはさせへんやろ。万が一、そないなことを言うたら、それは無視してくれてええ。けど、それ以外のことには、何を措《お》いても従うてもらわなあかん」

「それじゃあ、長門さまのお気に召さなければ、ここを出て行かなければいけないんでしょうか」

「当たり前や」

眉一つ動かさずに、九平治は言い切った。

「わ、分かりました」

こうして、安吉は京の果林堂で、どう見ても曲者《くせもの》に違いない小さな主人に絶対服従――の身となったのだった。

# 二

長門から言いつけられることとは、安吉をあっちへ引き回し、こっちへ引き回し、外歩きの供をさせ、荷物持ちをさせるという程度のことであった。それ自体は大したことない役目なのだが、厨房での仕事が中断させられるのは、安吉にとっても安吉を使う職人たちにとっても、いい迷惑である。

当然、菓子作りの仕事をさせてもらえるわけもなく、安吉が任されるのは、力と根気だけが求められるような雑用ばかりになる。

しかも、長門は厨房の職人たちを——つまりは、親方である九平治を困らせるためか、わざと忙しい頃合いを見計らったかのように現れる。それがたまたまなのか、故意に行われているのか、安吉には判断できないのだが……。

九平治は無論のこと、他の職人たちも長門の行動には腹を立てて当然だ——と、安吉には思えるのに、誰も腹を立てている様子はない。内心は分からぬものの、少なくとも長門の目に触れるところでは、いささかぎこちないものではあるが穏和な表情を浮かべている。

そして、もちろんのこと、安吉は長門に逆らうことはできなかった。

（たかが十一か十二の餓鬼《がき》がこんな腫物《はれもの》に触れるような扱いを受けてりゃ、ますますひねくれるだけなんじゃねえか）

と思いながら、安吉は長門について来いと言われ、この日も果林堂の厨房を出たのだった。

「今日は上賀茂《かみがも》神社へ行くで」

と、いきなり長門は言った。

突然行き先を告げられるのはいつものことだ。事前に聞いたところで、まだ名前と場所が一致していないから、何の心づもりをするでもないのだが、上賀茂神社の名は聞いたことがある。行ったことはなかったが、ずいぶん遠いのではないかという懸念《けねん》が頭をよぎった。

遠い場合、長門は駕籠《かご》を雇うことになる。安吉の分まで雇ってくれることもあるのだが、駕籠に乗せてもらえない時は、ひたすら走ってついて行くしかなかった。

やがて、二条通りを歩いて行くと、すぐに駕籠が見つかり、長門はそれに乗った。どうやら今日は安吉の分まで駕籠を頼んでくれる気はないらしい。

(やれやれ、今日も遠足《とおあし》か)

と思っていたら、

「下賀茂《しもがも》神社へ」

と、行き先を告げる長門の声が聞こえてきた。

「ええっ、上賀茂神社じゃないんですか」

大声で問いかけると、

「気が変わったんや」

と、長門は不機嫌そうに口を開いた。

「今日は下賀茂神社へ行く」

そう言って、後は知らぬふりである。

この二条からは下賀茂神社の方が近いはずで、安吉としては助かったようなものだが、これが逆だったら気が萎《な》えるところだった。

それから、安吉は下賀茂神社までひたすら走り続けた。

神社の門前は茶屋も出ており人も多いため、駕籠は少し離れた場所に止まる。

（やっと着いた……）

と思った途端、安吉はどっと疲れを覚えた。一里（約四キロ）を半刻（一時間）もかからずに走る駕籠について行くのは大変なことだ。体中の力が抜け、足を引きずるような歩き方になってしまう。

駕籠から降りた長門は涼しい顔をしているが、安吉は額から汗を流し、息遣いも荒かった。

しかし、長門は安吉にはかまうことなく、門前を一人でどんどん進んで行く。

茶屋の縁台に腰を下ろして、茶を飲みながら団子を食べている人々の姿が目に入り、安吉は思わずごくりと唾《つば》を飲み込んだ。

「遅い」

思わず立ち止まっていた安吉に、長門の鋭い声が投げつけられる。

「す、すみません」

安吉は慌てて言い、すぐに長門の後を追った。長門は鳥居をくぐり、さらにぐんぐん進んで行く。長門は歩くのが速く、安吉は走って追いつかねばならなかった。

と思ったら、いきなり長門が足を止めた。

「ど、どうしました」

長門とぶつかりそうになりながら、すんでのところで体を止め、安吉は尋ねた。

「茶屋に寄る」

と言う。それなら、ここまで来る前に言ってほしかったと思いながら、

「せっかくここまで来たのですから、先にお参りをして、帰りがけに茶屋へ寄ってはどうでしょう」

と、控えめに安吉は申し出た。

「先に寄るんや」

こう言われると、もう逆らいようはない。安吉は長門の後について、先ほど通り過ぎてきた茶屋へ引き返した。

長門が席に座り、みたらし団子と茶を二人分注文する。使用人である自分の分まで注文してくれたことに、安吉は感謝した。礼を述べると、長門はふんっと鼻を鳴らして、早く

座れと言う。

言われるまま腰を下ろした途端、両足がじんわりと疲労を訴え、安吉は思わず息を漏らした。

「あんた、何で京へ来たんや」

団子と茶がくるまでの間、不意に長門が尋ねてきた。

「それは、菓子職人の修業のためです」

安吉は迷うことなく答えた。

「修業なら江戸でもできるやろ。そりゃ、職人の腕は京の方が格段に上やろけど……」

「どうせ修業するなら、京菓子の本場で修業する方がいいじゃないですか」

「それは、それなりの腕前や才覚があるもんが言うことや。あんた、自分にそれだけの値打ちがあると思うてるのか」

明らかに、お前には腕も才もないと言われたわけだが、そんなふうに思っていたら前へは進めない。

「いやあ、それはまだ分からないでしょう」

安吉は腹を立てることもなく、さらっと受け流した。が、十歳そこそこの少年からは鼻で笑われた。

「それが分からんほどの阿呆《あほう》とは思わなんだ」

長門はさらにぼそっと呟《つぶや》いたが、安吉はもう聞いていなかった。その時、女中の運んできたみたらし団子のたれのにおいに、すっかり意識を奪われていたからである。

「ああ、このにおい！　なんてうまそうなんだ」

安吉は串刺しの団子が二本のった皿を受け取り、長門と自分の間に置いた。それぞれが茶を受け取って、女中が去って行ってしまった後も、安吉の目は団子の皿に吸い寄せられている。

「何や。そないに腹が空いてたんか」

あきれたように長門が言う。

「いや、その、腹は空いてましたけど、それより！」

安吉は自分の方に近い団子を指さしながら、

「これ、どうして一つだけ離れてるんでしょう」

と言った。串刺しの団子は、一番端の一つだけ、他の四つの団子より少し離れて刺さっている。

「もしかして、本当は六つついてるところ、さっきの女中が一つ付け忘れたんじゃ……」

と言う安吉に、

「団子は五つが当たり前やろ」

と、長門が言い返した。江戸では六つ刺しなのかと逆に問われ、そういえば江戸でも五つだったと思い出して、安吉はそう答えた。

だが、こんなふうに、端の一つが離れた形で刺さっているのは見たことがない。

「みたらし団子は、すぐそこの糺《ただす》の森の中にある御手洗池《みたらしいけ》の泡を模したものや」

「えっ、それじゃあ、みたらし団子って、ここ下賀茂神社で生まれたんですか」

安吉が目を丸くして問うと、

「そないなことも知らへんのか」

と、長門があきれたように呟いた。それでも、五つの団子のうち、一つが離れている理由について、長門は語り出した。

昔、後醍醐《ごだいご》天皇が御手洗池で水をすくおうとすると、一つの大きな泡が出た後、四つ続けて小さな泡が出てきたことによるという。その五つの泡を見立てて作られた団子——砂糖と醤油《しょうゆ》で作ったたれをかけて食べるそれを〈みたらし団子〉と呼ぶようになったらしい。

「そんな経緯《ゆくたて》があったとは、知らなかったなあ」

安吉は素直に感心し、みたらし団子が生まれた土地でこの団子を食べられるのは仕合せだと言って笑った。

長門は不機嫌そうになって安吉から目をそらすと、みたらし団子を手に取った。安吉も団子を手に取り、まず他の四つと少し離れた一つ目の団子を口に入れる。

「うまい！」

安吉は一つ目を飲み込んだ途端、叫ぶように言った。

「さすがは本家本元ですねえ。このたれが今まで食べたものの中でいちばんうまいです！」

大声でしゃべる安吉に、周りの者たちがちらちらと目を向けてくる。江戸の言葉がめずらしいこともあるのだろうが、気取ったところのない物言いもおかしいのだろう。

長門は他人のようなふりをして、安吉の言葉には返事もせず、黙々と団子を食べている。

安吉は周りの目など気にもせず、うまい団子を食べられたことに満足していた。が、長門は団子を食べ終えた後、

「そないに何にも知らんで、よう菓子職人になるなんて言えるもんや」

と、安吉にきつい言葉を吐いた。

「何も知らないことはありませんよ。俺だって、最中の月がずうっと昔、宮中で出た餅菓子を月に見立てた歌からできたって知ってるんですから」

安吉はなつめからの聞きかじりを、いささか得意げに吹聴した。

「だから、江戸じゃあ、最中の月といえば丸い煎餅《せんべい》のことだけど、京では白くて丸い餅菓子を最中の月っていうんだってことも」

「最中の月が、煎餅やて？」

江戸の菓子の話は初めて聞いたらしく、長門は眉をひそめながらも話に乗ってきた。

「ほんま、江戸のもんは情緒の分からん連中や」

という長門のぼやきは聞き流し、安吉は勝手に話を続けた。

「それにしても、果林堂の最中の月はうまいですねえ。味わいは望月のうさぎと同じだけど、こっちの方が味だけで勝負してる潔さがあるっていうか」

「何や、望月のうさぎって」

「俺が江戸で世話になってた店で出してる菓子です。最中の月にちょっと手を入れて、うさぎの形にしたもんなんですけど、これがかわいくって」

安吉は目を細めて言った。

「ふん、そないなことせえへんと売れへんのは、職人の腕が悪いからやろ」

「いやいや、違いますって」

安吉は大真面目《おおまじめ》に言って、首を大きく横に振った。

「そこのご主人は、九平治親方と一緒に修業してた方なんですから、お腕前は同じくらいです。両方食べた俺が言うんですから間違いありません。けど、やっぱり江戸では、最中の月って名前じゃ売れないんだよなあ。それで、望月のうさぎに変えたそうなんですけど、あれはあれで正しかったと思うんですよね」

「江戸は客の質が悪いんや。あんたかて、そない情緒の分からん連中のとこで職人やるより、菓子のいろはを分かってる客を相手に、京で職人やった方がええのと違うか」

「そうですねえ」

長門の言葉に表向きうなずきながらも、安吉は言葉を継いだ。

「長門さまのおっしゃることには一理あるんですが、やっぱり江戸がいいかな。たとえ客の質が悪くても、いや、だからこそ、そこに少しでも本場の菓子を持ち込みたいって——。別に、俺がそんなたいそうなことを考えたわけじゃなくって、俺が世話になった店の旦那さんはそう考えて、江戸へ戻ったんじゃないかなって。京へ来てから、そんなことを思うようになりましたよ、俺も」

「ふん」

長門は不快そうに鼻を鳴らした。だが、まともな返事が返ってこない時は、こちらの言ったことに同意したか納得した時らしいと、安吉も少しずつ長門のことを分かりかけてきている。

「長門さまは――」

不意に、安吉は切り出した。

「やっぱり、京で菓子職人になるんですよねえ。あ、いや、朝廷に差し上げるお菓子を作るんでしたっけ」

「柚木家の当主は代々、主果餅になると決まってる。けど、あてはもうそれにはなられへん。お父はんが金で売ってしもうたさかいな」

長門は憎々しげに言い放ったが、その声には、どこへぶつけていいのか分からない怒りと寂しさのようなものがこもっている。

「それでも、長門さまは菓子が好きなんですよね」

安吉はさらっと言った。

「だって、俺をあちこちへ連れ出される時、よく菓子屋に立ち寄られますもんね。俺がどんなに阿呆でも気がつきますよ」

安吉はいったん口を閉じたが、長門は何とも言い返さなかった。

「俺、自分には特別な才能があるとも思えないし、これまで人に自慢できるような努力もしてこなかったんですが、それでも、やっぱり菓子が好きだから修業を続けていきたいんですよね」

ずっと昔、すごくうまい主菓子《おもがし》を俺にくれた人がいて、その菓子が俺に元気をくれたから――安吉がそう言って笑みを顔に刻んだ時、長門はいつの間にか下を向いていた。

小さな肩は、長門をいつもとは違う、もろくて傷つきやすい少年に見せていた。

三

その日、二条烏丸通りの店へ帰った安吉は、店の奥の仕舞屋《しもたや》へ長門を送り届けた後、自分は厨房へ戻ってきた。

「親方は店の方に出てなさるで」

職人の一人からそう告げられた。

長門に外へ連れ出された時は、帰宅の報告を九平治に入れるよう言いつけられている。

九平治は厨房で菓子作りをする一方、店の方へ顔を出すことも、得意先へ自ら菓子を届けることもあり、かなり忙《せわ》しく飛び回っていた。

金で主果餅の地位を買うような野心家だから、商いを広げること、店を大きくすること、金を儲《もう》けることにも熱心である。

安吉は奥から敷地の中を通って、店の方へ回った。

店にはまだ大勢の客がいて、手代《てだい》たちが忙しく働いている。その場で菓子を買っていく者もいたが、半分くらいは菓子の予約に来た客らしく、いつの茶会に何をどれだけ届けるのか、その商談をしているらしい。

九平治は番頭が座る帳場の脇にすっくと立ち、手代たちの動きを逐一看視《ちくいちかんし》していた。自分が口を挟まなければならないような商談へは、すぐに入っていこうという心づもりのようだ。

安吉は九平治の様子を見て、しばらく声をかけるのを待つことにした。

そうするうち、店前に二本差しの侍が現れた。

三十代後半ほどの侍はどことなく切羽詰まったような目つきで、店の中を睨《にら》み回している。その様子は菓子を買いに来ただけというようには見えない。

九平治がそれに気づき、帳場の番頭の肩にそっと手を置いた。

慌てて顔を上げた番頭は九平治の目の先を追って客に気づくと、さっと立ち上がった。すぐに相手をしなければならない客ということらしい。

番頭が土間へ下りて、店の出入り口に向かうのを見届けると、九平治がぱっと顔の向きを変えた。

店と奥との仕切りの暖簾《のれん》の前に立っていた安吉と、九平治の目が合った。九平治がこちらへ歩いてくるのに気づいて、安吉は慌てて自分も歩き出したが、九平治がそこで待てというように掌《てのひら》を見せた。

九平治は安吉のすぐそばまで来ると、あちらへ行くぞというように目配せして、暖簾の奥へと進んでいく。

(あの侍の客と、何か因縁でもあるんだろうか)

そんなことを思いながら、ちらと店の方へ目をやると、件《くだん》の侍と番頭とが何やら言い合っている様子が目に入った。

「長門は家の方へ戻ったんやな」

暖簾の奥へ入ったすぐのところで足を止めると、先に九平治が尋ねた。

「へえ」

今日はどこへ行ってきたのかと訊かれたので、下賀茂神社でみたらし団子を食べたことを告げた。長門の様子については尋ねられなかったので、安吉も特には報告しない。

「ほな、あんたは厨房へ戻って、皆の手伝いをするんや。もう今日は長門がわがままを言うこともあらへんやろ」

「へえ」

と返事をして再び奥へ行きかけた安吉は、何となく気になって、店の方へ再び目を向けてしまった。

「何や」

と九平治から訊かれ、先ほど来た侍が気になったと安吉は正直に答えた。

「京は江戸よりお侍もご浪人も少なくて、物騒なことはないと思ってましたけど、何だかさっきのお侍は……」

「まあ、乱暴なことはしはらへんやろけど、あのお侍には少々困らされてるのや」

溜息《ためいき》混じりに九平治は呟いた。

「もともとは、あの方の奥方さまがうちのお客やったんや。せやけど、離縁なさってなあ。奥方さまはご実家へ帰られたんや。けど、その奥方さまが去年、京から姿を消された途端、どこへ行ったのかとあのお侍が騒ぎ出されてなあ。うちへもやって来ては、奥方さまが来なかったかと尋ねていかれるんや」

「けど、もう離縁なさったんですよね」

安吉が訊き返すと、九平治は苦々しげにうなずいた。

「せやけど、未練がおありなんやろ。あるいは、お相手が別のお方と再縁するのは我慢ならない理由でもおありなのかもしれへん。いずれにしても、関わらん方がええ話や」

迷惑そうに言う九平治の言葉に、安吉もその通りだと思った。それで、そのまま「失礼します」と言い置いて、厨房へ戻りかけたのだが、その安吉の耳に、

「奥方さまは……いつも最中の月を買って行かれる、奥ゆかしいお人やったけどなあ」

と、しんみり言う九平治の声が聞こえてきた。

（最中の月……か）

安吉は、つい先ほど長門の前で口にしたばかりの菓子を思い浮かべた。

（本家本元の最中の月は、えらい人気もんなんだなあ）

京のその菓子を食べてくれと安吉に告げた娘の姿が、ふっと思い出される。

（なつめさん、どうしているかな）

きっと久兵衛のもと、毎日精進しているだろうと、すぐに想像できた。

（俺も負けてはいられねえや）

安吉はそう思い、急ぎ足で厨房へ向かった――。


同じ頃、江戸の大休庵では、なつめが了然尼から待ちかねた報告を聞き、顔を輝かせていた。

「本当に、すみ江《え》さまがまたこちらへ来てくださるのですか」

「へえ。西行忌《さいぎょうき》に伺いたいと、文で知らせてこられましたのや」

了然尼が静かな声で告げた。

「西行忌というと、二月の十五日ですね」

「そうどす。西行はんのお歌は、わたくしもすみ江さまも好きやったさかいなあ。その日を選ばれたのかもしれまへん。お釈迦《しやか》さまが入滅なさった日でもあります」

了然尼は両手を前に合わせて言う。

「西行さんはお釈迦さま入滅の日に、ご自身も死ぬことを望んでたんですよね」

「そうどす。如月《きさらぎ》の望月《もちづき》の頃に死にたいと、ええお歌を詠《よ》まれました」

了然尼はしみじみした声で言い、その歌を吟詠《ぎんえい》した。

願はくは花の下にて春死なむ　その如月《きさらぎ》の望月のころ

「願わくば、春の桜の下で死にたい。如月十五日――お釈迦さまが入滅なさったその季節に――」

西行が実際に亡くなったのは二月十六日なのだが、生前の西行の歌にこめた思いを汲《く》み取って、西行忌は二月十五日ということになっているのだという。

「桜と人の死をこれほど美しく詠《うた》った歌は、もうこの世に生まれへんかもしれまへんなあ」

了然尼の言葉に、なつめもその通りだと思いながら、静かにうなずいていた。

ちょうどその日を訪問日に指定してきたすみ江を、とても奥ゆかしい人だと思う。そして、望月のその日、やはりすみ江には最中の月を食べてもらいたいと、改めて思った。

すみ江自身とそう約束したことでもある。

「すみ江さまは、亡き母上が親しくしていた方と聞き及びますし、私もできればお会いしたいと思います。お菓子も差し上げたいですし……」

その日のいつ頃、大休庵へ来る予定なのかと尋ねると、昼八つ半（午後三時）から七つ（午後四時）頃にかけてだという。その頃だと、なつめはまだ照月堂にいる時刻である。

「夕刻までいてくださるでしょうか」

「はて。なつめはんがお会いしたがってたとは、お伝えしてみますけれど……」

と、了然尼は言い、無理に会うことを勧めるようなことはなかった。

(お会いすることは叶《かな》わなくとも、せめて約束したお菓子だけはご用意しなければ——)

明日、久兵衛に相談しようと、なつめは心を決めた。照月堂では今は作っていないが、望月のできるならば、最中の月を食べてもらいたい。うさぎは最中の月を作ってから、うさぎの形に手を入れるのだから、久兵衛に頼めば手に入れることはできるだろう。

(すみ江さまに、最中の月を食べていただける)

どことなく、亡き母に似たすみ江の面影を心に思い描き、なつめは淡い懐かしさを覚えていた。

# 四

その翌日の二月五日、なつめはさっそく、仕事の片付いた折を見て、久兵衛に話を持ちかけた。

「ほう。京から来たお方が最中の月を、なあ」

久兵衛は感慨深そうに呟いた。

「はい。望月のうさぎをお出ししてもいいと思うのですが、もし旦那さんさえよろしければ、最中の月の形でお出ししたいのですが……」

「それはかまわねえ。けど、お前はそれでいいのか」

「えっ、いいとはどういう意味でしょうか」

「その京からのお客人っていうのは、お前にとってもご縁のある方なんだろう。その方に、お前自身が作った菓子をお出ししないでいいのか、っていう意味だ」

「ですが、私の作るものはまだまだですし……」

最中の月を郁太郎と一緒に作った時のことが思い出された。久兵衛の作る生地と同じようにできないのは仕方がないとしても、真ん丸の形を作ることもできなかった。その後、大休庵での練習や厨房での仕事をこなし、あの頃よりは腕も上がったと思える。が、京の最中の月を知っているすみ江に、自分の菓子が通用するという自信は持てなかった。

そうして躊躇《ためら》っているなつめの上に、

「お前が尻込みしているのは、菓子に負けているからだ」

という久兵衛の言葉が降り注がれた。

「菓子に負けて……？」

なつめの胸に、かつて久兵衛から聞いた言葉がよみがえった。

——俺は、菓子作りってのは、菓子と対峙《たいじ》することだと思ってる。作っちまった菓子じゃねえよ。自分の頭の中にだけある至高の菓子と対峙するんだ。

自分がこれから作ろうとする菓子、まだこの世に生まれ出ていない職人の頭の中だけにある菓子——その菓子と戦い、勝つことが見事な菓子を作ることだと、久兵衛は言った。

(それって、確かに私が最中の月に気持ちで負けていたってことなのかもしれない)

戦って勝とうという気持ちがなければ、見事な菓子など作れるはずがないだろう。

「もし、その人に自分の手で作った最中の月を食べてもらいたいのなら、お前の中にあるその菓子を上回るつもりでやってみろ」

久兵衛は続けて言った。

(私の中にある、最中の月——)

久兵衛の言葉を胸の中でくり返した時、なつめは活力が注ぎ込まれたように感じた。

すみ江に自分の作った最中の月を食べてもらいたいという気持ちならある。どことなく寂しげな印象を漂わせるすみ江が、菓子を食べて笑顔になってくれるのなら——。

(やってみよう)

なつめは心を決めた。


すみ江が大休庵へやって来るという日まで、ちょうど十日ある。

毎晩、お出しするものを作るつもりでやってみよう。何とかして最中の月に勝たなければならない。

糒《ほしいい》を水で戻し、火にかけてから粘りけを出すために力をこめて煉《ね》る。砂糖を加えて味を調《ととの》え、粗熱《あらねつ》を取ってから真ん丸の形に仕上げて完成――。

来る日も来る日も同じことをくり返した。

(少しずつでもうまくなっているのかどうか、くり返せばくり返すほど分からなくなってくる)

これでよし――といったん心に決めても、どこかしら十分でない気がした。

久兵衛が作るような真ん丸の餅菓子になっていない気もしたし、味も悪くはないが、優しく懐かしい味に仕上がっているとは思えない。

――これでいい、大丈夫だって、小豆《あずき》が教えてくれるような気がしたんです。

餡《あん》を作る手際のよさを久兵衛から褒められた時、口にした言葉も、今は自分の言葉とは思えない心地がする。

(小豆の声は確かに聞こえたと思ったのに、お餅《もち》の声なんて全然……)

そんなふうに思い惑っているうちに迎えた、二月十四日。

この日の晩、作った菓子を、明日大休庵へやって来たすみ江に食べてもらう。この日の菓子作りが本番になるわけだが、なつめはまだ自信を持つことができなかった。

そんななつめの胸中と状況については、分かっているのかもしれないが、久兵衛は何も問うことがない。

己自身で己の中の至高の菓子に打ち勝つしかない――それが久兵衛の菓子との向き合い方だ。新作菓子を作ると言い始めてからほぼひと月、久兵衛は淡々とそれに取り組んでいる。進み具合は知らないし、どんな菓子を作ろうとしているのかも分からないが、久兵衛が一人で戦っているということは分かる。

（私も迷っている場合じゃない。それは……分かっているのに）

そんなことを考えながら、照月堂に到着したなつめがいつもの枝折戸《しおりど》をくぐり抜けると、一人庭に佇《たたず》む市兵衛の姿があった。

「大旦那さん。お早いことでございます」

「ああ、なつめさん。お早うさん」

市兵衛はなつめに目を向け、にっこりと笑いかけた。が、その柔和な笑みが浮かんでいたのは一時《いっとき》のことであった。

「どうかしたのかい、なつめさん？」

市兵衛は心配そうな目を向けて尋ねた。

「えっ、特に何も……」

と、言いかけたなつめに、市兵衛は優しげな眼差《まなざ》しを向けた。

本当は行き詰まっているんです——と打ち明けてしまいたい気持ちが込み上げてくる。

だが、その一方で、これは誰かに泣きつくようなことではない、自分で乗り越えなければならないことだという気がして、なつめは言葉を飲み込んだ。

「話したくないことは話さなくてもいいんだけれど、何だか、肩に力が入りすぎてるっていうか、張りつめた感じっていうか、そんなふうに見えたものでね」

市兵衛の言葉はまったく正しい。

言われた通り、今の自分は余裕がなく見えるだろうと、なつめは思った。

「何か気がかりなことがあるのなら、占ってあげようかね」

市兵衛はそう尋ねてくれたが、なつめは丁重に断った。右を採るか左を採るか迷うような時こそ、占いをする意義があるが、今抱えているのはそういう類《たぐい》のことではない。

「じゃあね、なつめさん」

市兵衛は声の調子を変えて言い出した。

「今、気にかかっていることから、ふと思い浮かぶ数を一つだけ言ってごらんなさい」

深く考えずにただ浮かんだ数を言うんだよ——と言われ、なつめは静かに目を閉じた。

ぱっと浮かんだ数は「十五」。

すみ江が来る十五日、西行忌であり満月の日である十五日。最中の月がその名をつけられたのも十五日のことだ。

「十五です」

なつめが目を開けて答えると、市兵衛の表情が不意に明るくなった。

「そりゃ、またとないいい数だよ、なつめさん」

と、笑顔で市兵衛は言う。

「いやね。これは梅花心易《ばいかしんえき》の占いじゃないが、十五っていうのは、十分ご縁があるってことだからねえ」

にこにこしながら言う市兵衛の顔を見ていると、なつめの心も自然と和らいでくる。

「なつめさんを悩ませているのが何にせよ、十分ご縁のあることなんだから、きっとうまくいきますよ」

手を出して――と言われ、なつめは右手を前に差し出した。

市兵衛は羽織の袂《たもと》から何かを取り出すと、そっとなつめの掌《てのひら》の上にそれを置いた。

市兵衛の手が離れてから確かめると、掌にのっているのは、一粒の豆。

「これは、大豆――?」

「福は内って言うからね。これは福の豆。きっとうまくいきますよ」

それだけ言うと、市兵衛は仕舞屋の方へ戻って行ってしまった。

(大旦那さんは私にこの豆を渡すために、庭で待っていてくださったのかも――)

なつめは手の上の大豆をじっと見つめた。

去年の大晦日《おおみそか》、皆で鬼やらいの豆まきをしたことを思い出した。辰五郎の作った鬼やらい団子を食べた時のことも――。

(あの時、私は旦那さんや辰五郎さんに少しでも近付きたいと思った……)

自信が持てないのなら、持てるまで力を尽くすだけだ。

きっとうまくいきますよ――と、くり返し述べてくれた市兵衛の言葉を胸に唱え、なつめは福の豆をそっと握り締めた。

その日の晩。

なつめは気持ちも新たに、大休庵の台所に立った。

（大丈夫。手順は頭に入っているし、砂糖や煉りの加減も覚えている。試し作りも何度もした）

きっとうまくいく——市兵衛の言葉を思い返し、最中の月作りに取りかかった。

水を加えた糒の鍋を火からおろし、いつものように煉り始める。手の動きが滑らかな実感があった。心なしか、いつもよりいい具合の粘りけが出ているように思える。

もっと力を入れて煉らなくては——と思ったその時、

——きっとうまくいきますよ。

という、朝聞いた市兵衛の言葉がよみがえった。その後、別の言葉も聞こえてきた。

——菓子とは誰かに作ってやるものじゃない。作らせていただくものだよ。

かつて上野の忍岡神社で、市兵衛から聞かされた言葉だった。

あの時、自分は市兵衛の言葉を、菓子の神さまからのお告げのように思ったのだった。

それなのに、どうして今の今まで、そのことを忘れていたのだろう。

（どうして、すみ江さまのために、自分がお菓子を作るんだって肩肘《かたひじ》張ってしまっていたのかしら）

すみ江のために作るのではない。菓子を作る機会を、すみ江が授けてくれたのだ。

肩の力がふっと抜けた気がした。鍋の中身を煉る手の動きに拍子が出てきて、いつも以上に滑らかな煉り具合に仕上がりつつあることが分かる。

それからは、一心に菓子のことだけを思い、心を込めて丁寧に手を動かし続けた。

やがて、十分に煉り上げられ、熱の取れた餅を丸めて、満月の形に調える。

（できた――）

黒い皿の上にのせた真っ白な餅菓子は、柔らかく夜空を照らす春の望月に見えた。そう思った時、なつめの脳裡《のうり》に、亡き父母と兄慶一郎の面差しがふっと浮かび上がった。三人ともたいそう優しい顔をしていた。

## 五

翌日の二月十五日、なつめは用意した最中の月をお稲に託し、いつものように照月堂へ向かった。

すみ江と再会できればいいが、できなくとも、思いをこめた菓子を作ることができたので、十分満足している。そう考えていたのだが……。

その朝、厨房で顔を合わせるなり、

「最中の月は出来上がったのか」

と、久兵衛はなつめに尋ねてきた。

「は、はい」

なつめは急いで答えた。くわしいことは話さなかったが、満足のいく出来栄えになったことを、久兵衛は察したようであった。

「なら、今日は少し早く上がるといい」

何どきに上がれば間に合うのかと問われ、

「七つ頃までにお見えになるということでしたが」

と、なつめは答えた。

「七つなら、菓子作りは終わってるだろう。後片付けが残っていてもかまわねえから、今日は七つより前に上がれ」

「ありがとう存じます、旦那さん」

明るい声で礼を言い、頭を下げるなつめに、久兵衛は続けた。

「自分がこれと仕上げた菓子を食べてくれる人の顔を、その目でしっかり見てくるんだ」

「は、はい。承知しました」

すみ江に会える。もしかしたら、最中の月を運ぶのにも間に合うかもしれない。少なくとも、最中の月を食べたすみ江の感想を聞くことができる。

なつめは浮き立つ思いを抑えながら、その日一日の仕事をこなし、七つになるより前に、照月堂を出て大休庵へ急いだ。

「おやまあ、なつめさま。今日はだいぶ早いお帰りで」

大休庵へ帰り着くなり、最初に姿を見かけたのは外にいた正吉であった。

「正吉さん、お客さまはもうお見えになっていますか」

なつめは急いで歩いてきたため、乱れている息を整えながら尋ねた。

「あっ、その、お客さまなら今しがた、了然尼さまのもとへご案内したところです」

「今しがた？　それなら、まだ最中の月はお出ししていないかしら」

なつめは独り言を呟きながら、玄関口へ急ごうとした。

「あっ、なつめさま」

正吉が慌てた様子で、なつめを呼び止める。なつめは立ち止まって振り返った。

「どうしたのですか、正吉さん」

怪訝《けげん》そうな顔を見せるなつめに、正吉はどこか困惑した表情を浮かべた。

「その、お客さまは……」

と、言いかけたものの、それ以上の言葉を続けるのを躊躇っている。

「いや、その、お客さまを御覧になっても、あまり驚かれませんよう」

正吉はそれだけ言うと、用事が残っているとでもいう様子で、慌ただしくなつめのそばから離れて行ってしまった。

「どうしたのかしら、正吉さんは――」

首をかしげながら、なつめは玄関口へ向かった。

すみ江のものと思われる草履が並べられている。

もしかして、すみ江以外の客がいて、その人物に驚くなという意味なのかと想像していたが、どうやらそういうことではないらしい。

なつめはいつもなら、まず了然尼の居間へ帰宅の挨拶に出向くところ、この日はまっすぐ台所へ赴いた。

お稲がそこで、菓子と茶の用意をしている。

お稲がなつめの姿を見るなり言った。

「なつめさま、お早くお帰りになれたんですね」

なつめが頼んでおいた通り、最中の月は黒い皿の上に置かれている。

「せっかくお戻りになられたんですから、なつめさまがお菓子を運ばれますか」

お稲から尋ねられ、なつめはぜひそうしたいと答えた。

お稲は菓子の盆をなつめに持たせ、自身はお茶をのせた盆を持って、なつめの後に続く。

二人で了然尼の居室まで赴くと、なつめは「失礼します」と声をかけた。

「どうぞ、お入りなさい」

了然尼の返事を確かめてから、戸を開けて中へ入る。

戸口でいったん下げた頭をふと上げた時、なつめの目に客人の姿が飛び込んできた。

（えっ！）

何かがあると心構えをしていたにもかかわらず、声を上げぬようにするだけで精一杯だった。

きた。

「なつめはんとは、前にお会いしたそうどすな」

了然尼が客人に尋ねる柔らかな声が聞こえてきて、なつめはようやく動き出すことができた。

「へえ。庵《いおり》の外ですれ違うただけでございますが」

客人が慎ましい声で答える。

「なつめはん」

客人のもとへ菓子の皿を運ぶなつめに、了然尼が声をかけた。

「すみ江殿は少し前に髪を下ろされ、慶信《けいしん》と名乗られるようになったそうどす」

「……さようでございましたか」

なつめはすみ江――今では了然尼と同じ墨染めの衣をまとった慶信尼の前に、菓子の皿を置いた後、静かな声で呟《つぶや》いた。

何か複雑な事情を抱えていそうな人だとは見えたが、まだ三十代半ばほどといった若さで俗世を捨ててしまうとは――。まさか、こんなふうに変わり果てた姿を見ることになろうとは、予想もしていなかったことなので、驚かずにいるのはやはり無理な話だった。

(でも、たとえ姿は変わられても、奥ゆかしい淑《しと》やかな佇《たたず》まいは以前のままでいらっしゃる)

初めて会った時、慕わしく感じられた風情は変わっておらず、驚きから覚めると、懐かしさが迫ってきた。

なつめはそれから、了然尼のもとへも菓子の皿を運んだ。

「この菓子については、なつめはんからご説明なさい」

了然尼の言葉を受け、なつめは「はい」と答えてから、戸口の前で正座し、慶信尼に体を向けた。

「前に、お好きなお菓子をお尋ねしました折、最中の月とお答えでしたので、今日はそれをご用意させていただきました」

「はい。よう覚えております。千鶴さまのお嬢さま、なつめ殿とお会いした時のことは――」

慶信尼はしみじみとした声で言い、静かにうなずいた。

「私は菓子作りの修業をしております。腕前はまだまだでございますが、私がお作りしたものでございます」

どうぞお召し上がりください――と勧めると、慶信尼はじっと前に置かれた皿の上の菓子を見つめた。

「最中の月は、京ではよう食べておりました。あるお方のお好きな菓子でしたさかい……」

満月を模した餅菓子をじっと見つめたまま、慶信尼はさらに呟く。

「せやけど、江戸に来てからは、どこの菓子屋へ参っても、この最中の月を見ることはありまへんどした。なつめ殿が前に言わはった通り、江戸では最中の月はお煎餅《せんべい》のことなんどすなあ」

「はい。この餅菓子を最中の月という名前で売ることは、江戸では難しいことのようでございます」

慶信尼は顔を上げて、目をなつめに向けると、

「ほな、頂戴します」

と言って、皿に手を伸ばし、最中の月を取った。淑やかなしぐさで、それを口に持っていく。

慶信尼の目が静かに閉じられた。餅をゆっくりと噛《か》み締める間、その目はずっと閉じられたままである。

一口食べるにしては、ずいぶん長い。と思い始めた時、やっと慶信尼は目を開けた。その目はなぜか潤んでいる。何か言おうと口を開きかけたその時、慶信尼の頰《ほお》を涙が伝っていった。

それで初めて、慶信尼は自分が泣いていることに気づいたようであった。

急いで手にした菓子を皿へ戻し、懐から懐紙《かいし》を取り出して涙を拭う。

「申し訳ありまへん……」

慶信尼はなおもあふれ出る涙を懸命にこらえながら、なつめに言った。

「いいえ、謝っていただくようなことでは……」

「泣いてることではありまへん」

慶信尼は言い、もう一度なつめに申し訳ないと口にした。だが、泣いていることでないのなら、何を謝っているのか、なつめには分からない。しかし、その理由について、慶信尼はそれ以上説明しなかった。

「ほんまに、ありがたいことでございます」

慶信尼は涙を拭き終えると、両手を合わせて頭を下げた。

「こないにおいしいお菓子を食べさせてもらえるとは、思うておりまへんどした。こないに、懐かしい味にめぐり合えるとは……」

そう言って、慶信尼は再び残りの菓子を手に取り、口に運んだ。もう涙することはなく、じっくりと味わうように、ゆっくりと噛み締めている。

（こんなにお心を動かしてくださるなんて……）

なつめとしても、思ってもみなかったことであった。

慶信尼が涙したのは、なつめが作った菓子のせいではなく、最中の月という菓子そのものに心を揺さぶる原因があるのだろうと思う。ある人の好きな菓子というから、その人との思い出にまつわる何かがあるのかもしれない。

だが、そうだとしても、慶信尼に喜んでもらえたことは、なつめ自身、心を揺り動かされる体験であった。その菓子がなつめにとって大切な、最中の月であったことも感慨深い。

（旦那さんのお勧めに従って、菓子を食べてくださる人のお顔を見られてよかった。最中の月を作らせてもらえて、本当によかった……）

いずれこの菓子を兄に食べてもらい、両親の墓に供える時もきっと来る。その思いを胸に、慶信尼と了然尼が最中の月を食べ終え、一息吐《つ》いたのを機に、なつめはその場を下がった。

「ほんまに、かたじけないことでございました」

慶信尼は再び両手を合わせて、軽く頭を下げる。

「いえ、こちらこそお粗末さまでございました」

なつめが頭を下げて、最後に慶信尼に目を向けると、その目じりには再び透明の滴《しずく》が溜まっているように見えた。

# 六

その後、慶信尼は了然尼と二人だけで言葉を交わし、六つ（午後六時）より少し前に帰って行った。

慶信尼はこれから江戸の寺で修行に励むのだという。

「また、お見えになってくださるでしょうか」

なつめは了然尼に期待のこもった目を向けて尋ねたが、

「はて」

と、了然尼は首をかしげる。

「俗世の人と違うて、楽しみごとのために出歩きはせえへんやろしなあ。これからは修行に打ち込みたいとも申されておいでやったし」

「そうですか」

少し残念な気はするが、京へ帰ってしまうわけではないのだから、また会える機会もあるだろう。その時までに、もっと菓子作りの腕を上げておきたいし、次は望月のうさぎも見てもらいたい。

なつめはそう思いながら、慶信尼の面影を胸に畳み込んだ。


久兵衛から新作の主菓子が出来上がったと聞かされたのは、それから五日が経《た》った二月二十日のことである。

「まずは、番頭さんとお前に見てもらおうと思っている」

久兵衛はなつめにそう告げた。

「大旦那さんやおかみさんより先に、見せていただいてよろしいのですか」

どうして二人に見せないのか、ということが気にかかって、なつめは尋ねた。それに対し、

「二人には、話がまとまってから見てもらうつもりだ」

と、久兵衛は告げた。

「話がまとまってから？」

言葉の意味がよく分からなかったが、久兵衛の口から説明されることはなかった。

その日、厨房の後片付けを少し早めに終わらせたなつめは、久兵衛から言われた通り、客間で待っていた。ほどなくして、店を閉めた太助が現れたのを機に、謎だった久兵衛の言葉について尋ねてみる。

「ああ、それなら――」

と、太助はすぐにうなずき、なつめに説明しておくよう、久兵衛から言われていたと告げた。

「去年の暮れ、子たい焼きを買って行った俳諧《はいかい》の先生のことを覚えてますか」

「はい。もちろん覚えています。今年に入ってから、またお見えになったのですよね」

その時は久兵衛が客と対面した。なつめはその場に顔を出さなかったので、話の内容も知らない。

「実は、まだ他所《よそ》の人に漏らされては困るんですがね」

と、太助は少し声を低くして言い、なつめがうなずくのを見届けると先を続けた。

「あのお客さまは幕府のお役人だったんですよ。歌学方《かがくかた》っていう役職なんだそうですがね。くわしくは知りませんが、要するに公方さまやお城のお偉い方々に歌の指導をするお方のようです」

「でしたら、あのお客さまの本職は歌を詠むことだったのですか」

俳人かと思っていたが、そちらが本職ではなかったようだ。

「北村《きたむら》さまとおっしゃるそうで、京でお暮らしだったこともあるそうですよ」

去年来た二人は親子で、父親が北村季吟《きぎん》、息子が湖春《こしゅん》というのだという。親子そろって幕府に召し抱えられ、江戸へ来たということだが、今年二度目に来た時は息子の方だけだった。

「その湖春さまがおっしゃるには、旦那さんに主菓子を作ってほしいというんですよ」

「まあ、主菓子を――？」

なつめは明るい声を上げた。

幕府の役人からの注文が入るようになれば、そこからさらに大口の客をつかむこともできるかもしれない。

「いやいや、まだ決まったわけじゃないんです」

太助は慎重な口ぶりになって言った。

「旦那さんが作った主菓子を見て、これから注文を続けるかどうか決めたいとおっしゃる。もちろん認めていただければ、北村家出入りの菓子屋ということにしていただけるのでしょう」

「でも、旦那さんのお菓子を召し上がって、お気に召さないということはないですよね」

なつめの確信に満ちた口ぶりに、太助はおもむろにうなずき返した。

「あたしもそう信じていますけれどね。ただ、機会は一度きりです。旦那さんもここは正念場ととらえ、新しい菓子で勝負なさると決心なさったようで」

新作の菓子に取り組むと言った時の久兵衛の真剣な様子を思い出し、なつめは納得してうなずいた。

「もちろん、今の段階で、大旦那さんやおかみさんにお見せしたって問題はないのですが、お二人には北村さまに認められてからお話しする、ということのようです」

今現在、店のことに携わる太助となつめに、まずは見せるということであろう。そう思い至ると、なつめは胸が喜びと期待に大きく膨らむのを感じた。

久兵衛が菓子を見せると言う以上、それは満足のいく出来栄えに決まっている。久兵衛は一体、どんな菓子を頭に思い描き、どうやって己との戦いに克《か》ったのだろう。それは、今のなつめには想像も及ばないが、これから出来上がった久兵衛の菓子を目にするのだと思うと、胸がわくわくどころではなく、どきどきしてきてしまう。

太助が説明を終えてから間もなく、足音が聞こえてきた。

なつめは急いで立ち上がり、

「こちらからお開けします」

と、声をかけた。「おう」と応じる久兵衛の声を聞き、なつめが戸を開けると、盆を手にした久兵衛の姿が目に入った。

久兵衛はそのまま部屋の中へ入り、盆を畳の上に置いた。

「わあ……」

なつめの口から、まるで子供のような声が上がる。そして、自分でもそのことに気づいていなかった。

自分は今、何を目にしているのだろう。

まるで、この世のものではない、夢の中だけに在《あ》る、きらきらしたものを見ているような――。

たとえば、海の底の竜宮城や、御仏の住まう西方浄土――決して見ることが叶わないだけに、どれほど美しいだろうと、想像してしまう世界。

色とりどりの光に満ちあふれ、目にもまばゆい、しかし、しっとりと落ち着いていて、何より品がある――そういうものが、今、目の前に在った。

「これは……旦那さん」

太助がかすれた声を上げた。目はなつめと同様、盆の上の菓子に吸い寄せられたまま、瞬き一つしない。

盆の上には皿が六つ。

一つ一つの皿に、煉り切りや吉野《よしの》羹《かん》といった菓子がのせられている。

「〈六菓仙《ろっかせん》〉だ」

久兵衛がおもむろにつげた。

「ろっかせん……？」

なつめと太助がかすれた声で同時に訊き返す。その間も二人の目が菓子から離れることはなかった。

「ああ、歌人の六歌仙。その『歌』の字を、菓子の『菓』の字に替えた〈六菓仙〉だ」

「六菓仙――それが、この菓子すべての菓銘なのですね」

なつめが震える声で問う。

一つ一つの菓子がまるで宝玉のように美しい。一つ一つに名前がないのはかわいそうだと思っていたら、そのなつめの声を聞いたかのように、

「一つ一つにも菓銘はある」

と、久兵衛が続けた。

「六歌仙のそれぞれのおもて歌（代表歌）をもとにしている」

そう説明を加えた後、

「まずは〈桜小町《さくらこまち》〉」

と言って、久兵衛は桜の花をかたどった薄紅色の煉り切りを示した。

「歌を当ててみろ」

と、なつめに目を向けて言う。

突然、久兵衛から問われ、なつめはほとんど動かなくなっていた頭を必死に回転させた。

「花の色はうつりにけりないたづらに　我が身世にふるながめせしまに――でしょうか」

小野小町《おののこまち》の「百人一首」にも採られた歌を挙げると、「その通りだ」と久兵衛は満足そうにうなずいた。

「これは、〈唐紅《からくれない》〉だな」

久兵衛が次に四角い吉野羹を指して言う。これは、葛《くず》で固められた菓子で、半透明の葛で固めたその中には、真っ赤な紅葉の煉り切りがうっすらと見える。

「ああ、これはあたしも分かりますよ」

と、いつになくはしゃいだ様子で、太助が言う。

「在原業平《ありわらのなりひら》の歌でしょう。ちはやぶる神代も聞かず竜田川　唐紅に水くくるとは――ですね」

「その通りだ」

久兵衛が口もとに笑みを刻みながら応じた。

続けて、残る菓子が次々に紹介されていった。

僧正遍昭《そうじょうへんじょう》の「天つ風雲の通い路吹きとぢよ　乙女の姿しばしとどめん」からは〈乙女〉という菓子が生まれた。

「これは、雲をかたどっているのですか」

真っ白な煉り切りが少しうねって、先っぽは綿を千切ったように細くなっている。しかし、それだけではなく煉り切りの左上の一部だけは、うっすらと赤、青、緑、黄などで着色されていた。ぼやっと色が透けて見えるようなその感じは、まるで雲の向こうに虹を見ているような印象である。

乙女という菓銘の華やかさを出しているのだろうと、なつめは思った。

文屋康秀《ふんやのやすひで》の「吹くからに秋の草木のしをるれば　むべ山風を嵐といふらむ」からは〈山

風〉。

これは、〈唐紅〉で使われたものより、ずっと大きな紅色の紅葉の煉り切りで、先の方に少し黄色も混じっている。そして、上に葛で作った水滴が一つ置かれていて、嵐に吹かれた紅葉を連想させた。

「この四つはわりに早く決まったが、残る二つは難しかった」

と、久兵衛は言う。

ここまでに使った四人の歌仙は「百人一首」に採られている歌が有名で、かつ菓子の形を思い浮かべやすいものであった。だが、残る二人のうち、一人は「百人一首」に歌が採られておらず、もう一人の歌は菓子にしにくい。

「あとの二人というと、喜撰法師《きせんほうし》さんと大友黒主《おおとものくろぬし》さんですね」

なつめの言葉に、久兵衛はうなずいた。

「この〈蛍《ほたる》〉が喜撰法師だ」

使った歌は「木の間より見ゆるは谷の蛍かも　いさりにあまの海へ行くかも」という。

なつめと太助は顔を見合わせ、互いに首を横に振る。二人とも知らぬ歌であった。

「まあ、ふつうの人は知らないだろう。俺も今回初めて知った」

久兵衛はそのようなことをどうやって知ったのだろうと思っていると、

「戸田さまに教えていただいたんだ」

と、久兵衛が笑いながら種明かしした。なつめの知らぬうちに、露寒軒の屋敷へ行き、教えを被《こうむ》ったのだという。露寒軒がさぞ喜び勇んで教えたのだろうと思うと、何だかおかしさが込み上げてきた。

「依頼主が北村先生だからな。おそらく、先生はすぐに歌に気づかれるだろうと思う」

久兵衛の言葉に、なつめも太助も大きくうなずいた。

〈蛍〉という菓銘の菓子は、淡い紫と黄色の煉り切りで、蛍の光る様子を表現している。

「そして、これが大友黒主の〈春雨《はるさめ》〉だ」

最後の菓子を、久兵衛が紹介した。

六歌仙の中で唯一「百人一首」に歌の採られていない黒主については、「春雨の降るは涙か桜花　散るを惜しまぬ人しなければ」を使ったという。

この〈春雨〉は六つの菓子の中でも出色で、薄紅色をつけて固めた葛を細かく糸のように切り、上から色のついていない白蜜がかけられている。桜の花を散らす春雨を形にした菓子であった。

「おいしそう……」

蜜をからめた葛の甘みがそのまま伝わってくるような見栄えに、なつめは思わず呟いていた。

改めて六つの菓子をひと組として眺めてみれば、まさに美と技が凝縮された圧巻の光景であった。

見た目は華やかで彩り豊か、溜息を吐くほどに美しい。その上、背景には和歌の豊かな世界が広がっており、こうした菓子を楽しむ教養人の心を二度楽しませる菓銘を備えている。

「こりゃまた、すごいものを作られましたな」

太助が言葉もないといった様子で呟いた。

「見た目は北村先生に満足していただけると思うか」

「これに満足しないお客なんておられませんよ」

太助の言葉に、「本当にその通りです」となつめも口を挟んだ。

「なら、次は味だな」

久兵衛が真剣な目つきになって言う。

「今日はひと組ずつしか作らなかったから、二人で半分ずつ味見してくれ。忌憚《きたん》のない意見を聞かせてほしい」

「かしこまりました」

太助となつめも真剣な表情になってうなずき返す。

ここが、照月堂の将来をかける時だ——ということが、なつめの心にも十分に沁みていた。

太助が〈唐紅〉の皿を初めに取ったのに続き、なつめは〈春雨〉の皿を手にした。添えられている黒文字《くろもじ》を糸状の葛に差し、掬い取って口に入れる。

（何て優しい味——）

葛の弾力のある柔らかさが、そぼ降る春雨をそのまま表している。蜜のほどよい甘みが葛と絡んで、するりと喉を通っていく。

――春雨の降るは涙か桜花
先ほど教えられたばかりの歌がすっと浮かんできた。桜が散るのを惜しむ人の心がそのまま流れ込んでくる。

一口目を食べ終えた時、なつめは思わず目頭を熱くしていた。

「どうだ」

久兵衛が感想を促すように問う。

「私、うまく言えないんですけれど……」

涙がこぼれそうになるのを必死にこらえながら、たどたどしい口調で、なつめは切り出した。

「おいしいです。しっとりと降る春雨を、葛と蜜でこんなに優しい味に仕立てられたことに、ただただ驚くばかりで……」

でも、そんなことより――と、これだけは言わなければという口ぶりで、なつめは慌ただしく言葉を継いだ。

「これが旦那さんの菓子なんだと思いました。これから、照月堂を大きく育てていかれる旦那さんのお味なんだって」

なつめの言葉に、久兵衛は無言のままであった。代わりに、太助が口を開いた。

「不思議ですね、なつめさん」

太助は再びかすれた声になって言う。

「あたしもまったく、同じことを考えていましたよ」

なつめに向かって泣き笑いのような顔を向けた後、太助は改まった様子で久兵衛に向き直った。そして、静かに頭を下げると、

「職人を辞めたあたしが言うのも何ですがね」

と、ささやくような声で切り出した。

「旦那さんは一段上に行かれたんだって思いましたよ」

今までだって、もう十分高いところにいらっしゃいましたけどね——と、太助の言葉が続けられる。

まさに太助の言う通りだ。そして、久兵衛はそこで満足することなく、さらに高みを目指すはずだ。もっともっとすばらしい、まだ見ぬ菓子を頭の中に思い描き、その至高の菓子に勝ち続けていくはず。

自分が久兵衛と同じやり方で、菓子を作っていくのかどうかは分からないし、それは自分には無理という気もしないではない。だが、今、久兵衛を支えていくのはここにいる番頭の太助と職人の自分なのだと、なつめは思った。

——初めに言っておく。今、うちの店に欲しいのは、俺の手助けをしてくれる弟子であって、才に恵まれた弟子じゃねえ。

初めて本格的に厨房へ入った時、久兵衛が告げた言葉を、なつめは思い出していた。

（こんなにも輝かしい才を持つ旦那さんのお手伝いができるなんて、仕合せなことだわ。私も精進しなければいけない）

なつめは改めてしっかりとそのことを胸に刻み直した。そして、前に並べられた色とりどりの主菓子に再び目を向けた。

まさに眼福だと思いながら、次はどの菓子にしようかしらと、心は弾む。

桜小町、唐紅、乙女、山風、蛍――〈六菓仙〉との新しい味の出会い――久兵衛の味との出会いはまだ五つも残っている。その何という贅沢《ぜいたく》なこと。

ふと太助と目が合った。同じ感動と喜びに浸っているのが互いに分かる。二人は無言のまま、互いの皿を交換した。

（次は、唐紅）

太助が「旦那さんの味」と評した菓子だ。中に紅葉を閉じ込めた吉野羹のぷるぷるした葛の表面に、なつめはそっと黒文字を入れた。

## 引用和歌

◆あらたまの年たちかへるあしたより　待たるるものは鶯のこゑ（素性法師『古今和歌集』）
◆せりなずなごぎょうはこべらほとけのざ　すずなすずしろこれぞななくさ（『梵灯庵袖下集』『日本歳時記』）
◆花の里心もしらず春の野に　いろいろ摘める母子もちひぞ（和泉式部『和泉式部集』）
◆願はくは花の下にて春死なむ　その如月の望月のころ（西行『続古今和歌集』）
◆花の色はうつりにけりないたづらに　我が身世にふるながめせしまに（小野小町『古今和歌集』）
◆ちはやぶる神代も聞かず竜田川　唐紅に水くくるとは（在原業平『古今和歌集』）
◆天つ風雲の通い路吹きとぢよ　乙女の姿しばしとどめん（僧正遍昭『古今和歌集』）
◆吹くからに秋の草木のしをるれば　むべ山風を嵐といふらむ（文屋康秀『古今和歌集』）
◆木の間より見ゆるは谷の蛍かも　いさりにあまの海へ行くかも（喜撰法師『玉葉和歌集』）
◆春雨の降るは涙か桜花　散るを惜しまぬ人しなければ（大友黒主『古今和歌集』）

参考文献

◆藤井乙男校註『御伽草紙』より「七草草紙」（有朋堂書店）
◆金子倉吉監修　石崎利内著『新和菓子体系』上・下巻（製菓実験社）
◆藪光生著『和菓子噺』（キクロス出版）
◆藪光生著『和菓子』（角川ソフィア文庫）
◆清真知子著『やさしく作れる本格和菓子』（世界文化社）
◆宇佐美桂子・高根幸子著『はじめてつくる和菓子のいろは』（世界文化社）
◆『別冊太陽　和菓子歳時記』（平凡社）

本書は、ハルキ文庫のために書き下ろされたフィクションです。

時代小説文庫
し 11-8

しのぶ草《ぐさ》 江戸《えど》菓子《かし》舗《ほ》 照月堂《しょうげつどう》

著者 篠《しの》 綾子《あやこ》
2019年1月18日第一刷発行

発行者 角川春樹

発行所 株式会社 角川春樹事務所
〒102-0074 東京都千代田区九段南2-1-30 イタリア文化会館

電話 03(3263)5247[編集] 03(3263)5881[営業]

印刷・製本 中央精版印刷株式会社

フォーマット・デザイン＆シンボルマーク 芦澤泰偉



ISBN978-4-7584-4225-1 C0193 

http://www.kadokawaharuki.co.jp/[営業]
fanmail@kadokawaharuki.co.jp[編集] ご意見・ご感想をお寄せください。

## 篠 綾子の本

# 菊のきせ綿

江戸菓子舗照月堂

江戸駒込の菓子舗照月堂で女中として働きながら、菓子職人を目指す少女・瀬尾なつめ。自分よりも後に店に入ったお調子者の安吉が、主・久兵衛のもと職人見習いを始めたことに焦りを感じつつ、菓子への想いは日々深まるばかりだ。そんな折、照月堂に立て続けで珍しい客が現れる。なつめを訪ねてきた江戸市中でも高名な歌人。そして、上野にある大きな菓子店氷川屋の主とその娘である。それぞれの客により、店には驚きと難題がもたらされて——大好評シリーズ、第二巻。

篠 綾子の本

## 親子たい焼き

江戸菓子舗照月堂

照月堂の職人見習いとして厨房入りを許されたなつめ。胸をふくらませて修業初日を迎えたその朝、主の久兵衛からまず教えられたのは「一本の道を進んで行く時、その先に一つの石ころも落ちてねえなんてことはあり得ねえだろう」という気構えだった。なつめはこの言葉を深く受け止め、菓子屋の要である餡作りを一から学び始める。一方、久兵衛が作る菓子の味わい深さに気づき、危機感を抱く大店・氷川屋の主人勘右衛門は、なにやらよからぬ動きを見せ始め――大好評シリーズ第三巻。

ハルキ文庫